Die Wetterfahne von Rungholt

Legende

Karin Bottke

Die Wetterfahne von Rungholt

Karin Bottke

„Wenn du das Staunen verlierst
und der Zauber unsere Welt verlässt,
sind wir arm, bettelarm."

Mareike

Bibliografische Informationen der Deutschen Nationalbibliothek: Die Deutsche Nationalbibliothek verzeichnet diese Publikation in der Deutschen Nationalbibliografie. Detaillierte bibliografische Daten sind im Internet über www.dnb.de abrufbar.

Nachdruck oder Vervielfältigung nur mit Genehmigung des Herausgebers gestattet. Verwendung oder Verbreitung durch unautorisierte Dritte in allen gedruckten, audiovisuellen und akustischen Medien ist untersagt. Die Text- und Bildrechte verbleiben beim Autor, bzw. Illustrator.

Impressum

>Die Wetterfahne von Rungholt<
© 2017 Karin Bottke
Umschlaggestaltung und Illustration Monika Herzog
Herstellung und Verlag:
BoD – Books on Demand, Norderstedt

ISBN 978-3-7431-1202-5

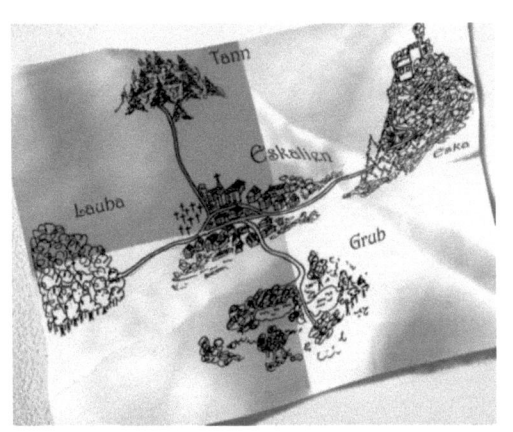

Prolog

Die Abendsonne zaubert ein flirrendes Licht in die auflaufenden Wellen. Ich sitze am Deich von Nordstrand und träume mich in die Zeiten hinein, in denen Sturmfluten die Uthlande zerrissen. Ich sinne den Worten Liliencrons nach: „Heute bin ich über Rungholt gefahren, die Stadt ging unter vor sechshundert Jahren. – Trutz, Blanke Hans." Mit dem Trutzen war es nicht weit her. Untergegangen mit Mann und Maus.

Meine Augen suchen den Horizont ab. Ich sehe einen schwarzen Streifen zwischen Himmel und Meer - bis das schwindende Sonnenlicht ihn mit sich nimmt in den diesigen Abend. Südfall muss links sein. Zeichnet sich eine Silhouette ab? Ich erahne die Warft der Hallig.

Ich stelle mir das reiche ausschweifende Treiben auf Rungholt vor, denke an das Glockengeläut. Laut Überlieferung ragt jedes siebente Jahr der Kirchturm aus den Fluten der Nordsee – in der Johannisnacht. Ob wir das siebente Jahr haben, ist mir nicht bekannt, aber der Juni ist noch fern.

Ich spinne an einem Text, bin am Schauplatz, höre das rhythmische Rauschen – heute verspielt und harmlos.

Ein Junge gesellt sich zu mir. „Du bist nicht von hier", stellt er fest.

„Das ist nicht schwer zu erraten, oder?"

„Ich meine ja nur. Soll ich dir was erzählen?"

„Worum geht's denn?"

„Um Mareike."

„Deine Freundin?"

„Nee." Er kraust die Nase. „Du musst nach Südfall gehen, da ist sie", sagt er wichtig.

Ich schaue zum Himmel. „Es ist bald dunkel. Lieber morgen."

„Hast du Angst?"

Das will ich nicht auf mir sitzen lassen. „Wie kommt man da hin?"

„Komm mit, ich zeig es dir."

Eine Weile geht der Knirps schweigend vor mir her. Dann wendet er sich um. „Von hier aus gehst du …", er erklärt umständlich den Weg.

„Was macht Mareike auf der Insel?", frage ich.

„Das ist ne Hallig", verbessert er mich.

„Das ist doch dasselbe."

„Eine Insel hat Deiche."

„Halligen nicht?"

„Nö, die Häuser sind auf Erdhügeln gebaut."

„Ich könnte mit dem Schiff fahren", schlage ich vor.

„Es geht von Fuhlehörn mit Hansens Kutsche, wenn du nicht laufen willst. Kost nich viel."

„Hinter dem Anleger, vom Badestrand aus?"
Er nickt.
„Wer bist du überhaupt?"
„Lasse Hansen!"
„Der Kutscher ist dein Vater, was?" Ich sehe ihn belustigt an. „Was kriegst du von ihm für die Werbung?"
„Och nichts."
„Du flunkerst. Was gibts auf Südfall? Komm mir nicht mit dem Hokuspokus von Rungholt, davon hab ich schon gehört."
Er tut geheimnisvoll. Er will mich zu einem Ausflug animieren. Warum eigentlich nicht?
„Also gut. Ich wohne im Inselkroog. Du holst mich morgen ab und zeigst mir, wo die Kutsche abfährt. Ich will mir deine Mareike ansehen."

Im Gasthof eine hitzige Debatte: Rungholt steht wieder auf! Beim Nachtmahl lausche ich dem Gespräch der Stammtischrunde. Das Nordplatt liegt mir wie eine Melodie im Ohr. Jetzt, zu fortgeschrittener Stunde, sind die Zungen gelöst. Die wunderlichen Geschichten der Friesen, genauer gesagt, der Nordfriesen, füllen die Gaststube aus. Die Männer diskutieren über die Seefahrt, den Fischfang, die Viehwirtschaft. Sie erzählen von langen Wintern, von sturmgepeitschten Fluten und den Geheimnissen in der Tiefe.

Ein Alter mit Vollbart hatte einen bislang unbekannten Brunnenring im Watt entdeckt. „Letzte Woche wars", er haut mit der Faust auf die Tischplatte. „Meine Frida meinte, ich soll nicht so viel saufen. Dann hören die Halluzinationen auf. Sie wollte das Ding sehen."

„Bei dem Schietwetter da draußen?", wirft ein hagerer Mann ein.

„Was denkst du! Mit der nächsten Ebbe marschierten wir raus. Der Brunnen war wieder im Watt verschwunden. Da hat mich meine Frida ausgelacht. Hab ich lieber geschwiegen. Will meine Ruhe vor den Weibern haben." Er rührt in seinem Grog und schlürft.

„Sicher hast du die Stelle nicht mehr gefunden. Da draußen sieht alles gleich aus", lästert ein Jüngerer.

„Du sprichst wie ein Tourist", der Hagere brubbelt vor sich hin, ein anderer grinst endlich: „Wenn es auf Südfall gewesen wäre. Aber so. Trotzdem, eine gute Geschichte!"

Der Vollbart schüttelt den Kopf. „Das ist nicht gesponnen. Rungholt steigt wieder aus dem Meer auf."

„Wer's glaubt", nickt der Hagere. „Den Totenkopf hat Fischer Willem jedenfalls zurückgebracht. Erinnert ihr euch, wie seine Alte gezetert hat? Die Rungholter kommen, hatte sie gekeift,

die Rungholter kommen, die holen sich ihr Eigentum zurück."
„Im Fangnetz hatte er den Schädel", sagt einer.
„Immer nur Fische ist ja auch langweilig", feixen die anderen.
„Aber nun ist der Willem tot", bemerkt der Hagere mit ernster Stimme.
Das ist ja gruselig. Ein Fluch? Ich hänge meinen Gedanken nach. Will mehr wissen über den Untergang dieser sagenumwobenen Stadt. Vielleicht ist was Wahres dran – wäre eine spannende Episode für mein Buch.

Am anderen Morgen erwache ich unausgeruht, wie gerädert. Ich habe geträumt. Wirres Zeug.
Im Frühstücksraum sitzen Gäste, tauschen Pläne für den heutigen Tag aus, ziehen mich in eine belanglose Unterhaltung. Nein, ich weiß noch nicht, ob ich eine Land- oder eine Seetour mache. Nein, ich möchte mich nicht anschließen. Ich will diese Mareike kennenlernen.
Der Rhythmus von Ebbe und Flut durchkreuzt meine Pläne. Erst in zwei Tagen kann die Kutsche fahren, hat mir Lasse verraten. Ich war auf dem Hof der Hansens, habe mir die Pferde angesehen, mich mit dem Besitzer, der sein Gespann selbst kutschiert, bekanntgemacht. Er ist nett. Allerdings nicht so gesprächig wie sein Sohn.

Wir haben verabredet, dass ich die Wattwagenfahrt im Sommer nachholen werde. Denn – leider – morgen fahre ich heim.

Mein Zug hält in jedem Kleckerdorf. Ab Hamburg-Altona habe ich den Schnellzug gebucht. Ich habe also Zeit, mir den Plot meiner Nordsee-Legende auszudenken. Über Rungholt? Darüber ist doch genug geschrieben worden. Geforscht und erfunden.
Das Rätselhafte reizt mich. Aber mit Fantasy-Romanen habe ich es nicht. Obwohl – ein bisschen mythisch ist mein Greifbuch auch. Krampfhaft frage ich mich, ob es eine Verbindung zwischen Rungholt und meinem Drachenberg geben könnte.

< | >

*Stets für Wunder bereit

In der Glut des Tages,
in der Hitze der Nacht,
hat schon manch ein Denker
Großes vollbracht.

In den lähmenden Stunden,
in der schlaflosen Ruh,
werden Märchen erfunden,
gaukeln Träume dazu.

Im Vergehen des Seins,
im Verrinnen der Zeit,
mit der Liebe eins,
stets für Wunder bereit.

Und der Greif zog seine Kreise

Zuhause lasse ich alles stehen und liegen. Den Koffer packe ich morgen aus. Ich esse das Stück Kuchen, das ich mir eingesteckt hatte, stelle eine Flasche Wasser auf den Nachtschrank, suche mein Buch vor und kuschle mich in mein Bett.
Eine Weile betrachte ich das Cover. Und der Greif zog seine Kreise. Ich blättere, schaue mir die Illustrationen an, denke an die Zeit, in der es entstanden war, märchenhaft schön. Jahre ist das her.
Ich will es noch einmal aufmerksam lesen, will mir die Einzelheiten einprägen, um endlich die Erzählung von Finja, meiner Finja, zu Ende zu schreiben. Vielleicht … Aber nein … erst lese ich:

1. Opa Patzek

Es war ein wundervoller Tag. Die Sonne tauchte das Land in gleißendes Licht. Auf dem Pflaster der Landstraße flimmerte die Luft. Über den Wiesen tanzten Falter, summten Insekten. Hinter den Zäunen weideten fette, schwarz-weiße Kühe. Auf den Feldern reifte das Korn der Ernte entgegen.
Helle Stimmen, fröhliches Lachen. Vier Mädchen tummelten sich am Dorfteich. Sie hatten Schuhe

und Strümpfe ins Gras geworfen und ließen die nackten Füße ins kühle Nass baumeln.
Sie planschten und spritzten.
Da kam mit schlurfendem Schritt der alte Patzek daher. In einer altmodischen Kiepe sammelte er saftigen Löwenzahn und Brenn-Nesseln. Er hatte in seinem Stall etliche Mäuler zu stopfen.
Die Mädchen hatten ihn erblickt und hüpften ihm entgegen. „Hast du die Kiepe voll, Opa Patzek?", und „Wir helfen dir!", schwatzten sie durcheinander.
„Kinder! Lasst mich leben!", rief der Alte.
Er hob den Korb vom Rücken, stellte ihn umständlich auf die Wiese und kramte in seinen verbeulten Hosentaschen. Bedächtig förderte er eine Pfeife zutage, Tabak in ausgefranstem Papier und ein abgewetztes Päckchen Streichhölzer.
Während die Kinder Grünzeug suchten und die Kiepe füllten, zündete er nach langem, sorgfältigem Stopfen seine Pfeife an. Er sog ein paar Mal schnell, dann paffte er genüsslich blaue Wolken in die Weltgeschichte. Er setzte sich auf einen umgestürzten, dicken Zaunpfahl. Im Nu hockten die Mädels um ihn herum.
„Erzählst du uns?", bat die zarte Marleen mit erwartungsvollen Augen.
„Du kennst doch alles!", gab der alte Patzek zu bedenken.

Marleen schüttelte den Kopf, dass die braunen Locken nur so hin und her flogen.
Elena lachte verächtlich. „Sie will von ihrem Artur hören! Sie träumt von ihm!" Als Marleen wütend abwehrte, setzte Elena triumphierend hinzu: „Jede Nacht!" Elena war die Selbstbewussteste von allen und wohl auch die Hübscheste. Die schwarzen, langen Haare lagen für gewöhnlich seidig auf ihren Schultern. Im Augenblick hingen sie in feuchten Strähnen herab.
„Ph!" Steffi ließ sich rücklings ins Gras plumpsen. „Tut nicht so! Ihr seid allesamt in den tollen Gutssohn verknallt!" Lustig setzte sie hinzu: „Aber wenn er eine nimmt, dann mich!" Komisch, Steffi vermochte fast jede Situation zu retten. Sie war selten ernst und immer hungrig. Man sah es. Unter dem kurzen, blonden Bubikopf ein pausbackiges, spitzbübisches Gesicht mit unzähligen Sommersprossen.
„Bitte, erzähl!", bat Marleen noch einmal. Gespannt sahen ihn vier Paar träumende Mädchenaugen an.
„Vom Gut? Wirklich mal wieder vom Gut?", fragte der Alte. Sein Blick ruhte nachdenklich auf der kleinen Finja. Sie hatte bisher kein Wort gesagt. Die anderen redeten ja! Bieder hingen ihr die langen, dunkelblonden Zöpfe über die Brust. Die gelösten Enden drehte sie spielerisch um die

Finger. Sie wartete geduldig, dass Willi Patzek anfing, zu erzählen. Dass er erzählen würde, das wusste sie. Wozu also drängen? Sie begegnete mit stillem Lächeln seinem Blick und dachte sehnsüchtig: Du gehörst zu der Geschichte. Du bist ein Teil von ihr. Du bist drin, ich draußen. Ich wär so gern die gute Fee, die deiner Geschichte fehlt. Dieser Gedanke, entsprungen einem zärtlichen Herzen, war eine unsichtbare Brücke, die sie mit dem alten Mann verband.
Patzek versank in Erinnerungen. Tief aus ihnen heraus drang seine Stimme:
„Es war einmal vor langer, langer Zeit. Da war hier keine Wiese. Kein Acker. Urwald bedeckte das Land. Es gab Königreiche, Raubritter und Leibeigene.
Einst zog der König von Eskalia ins Feld und wurde Herr über diesen stattlichen Wald. Nur der einzige Berg weit und breit mit seinem schroffen Felsen, den unzugänglichen Höhlen, trutzte dem Heer. Jeder Vorstoß war sinnlos. Wer in den Bannkreis des Berges und seiner Wilden geriet, verbrannte jämmerlich. Der König zögerte nicht, sich mit einer scheußlichen alten Hexe zu verbünden, der machthungrigen Thecodontia. Was da gehandelt wurde, hat kein Mensch je erfahren.
Der König war seither unverwundbar. Er trat bei den Höhlen dem Dragoyja, einem siebenzüngigen

Drachen, in den Weg. Von grausiger Gestalt, Feuer speiend und brüllend, stürzte sich das Fabeltier dem Angreifer entgegen. Der König zog sein Schwert. Er war bereit.

Einer Detonation folgte eine Feuersäule, loderte empor über den Felsen, qualmte und stank. Als sich der Rauch gelegt hatte, war der Drache verschwunden. Auch die Wilden waren fort. Der König brüstete sich mit seinem Sieg, prahlte mit der Gefahr, seinem mutigen Kampf. Sein Lager schlug er unterhalb des Felsens auf.

Er errichtete eine Burg, wie sie größer und schöner nie gebaut worden war. Der Felsen mit seinen Höhlen, seither der Drachenberg, bildete rückseits eine uneinnehmbare Festung. Zinnen und Mauern umgaben in der Front einen Innenhof mit wuchtigen, schmuckreichen Gebäuden. All das wuchs in Windeseile. Anscheinend gehörte das zu den Bedingungen, die der Herrscher mit der Thecodontia ausgehandelt hatte. Wer weiß.

Seine Leute rodeten das Herzstück des Urwaldes und bauten ein Dorf. Es breitete sich aus mit seiner Landwirtschaft, den Häusern, Höfen und Straßen, und der König nannte es Eskalien.

Die vier Wälder, die von dieser Pracht blieben, sind heute noch. Dort im Osten der Eska mit dem Drachenberg. Im Westen der Lauba, im Norden der Tann und im Süden der Grub.

Viele Generationen wuchsen heran. Es gab Tyrannen und Wohltäter. Die Burg wandelte sich im Laufe der Jahrhunderte zu einem Gutsbetrieb. Die alten Mauern verfielen. Neue Gebäude entstanden.
Aber alle Herren dieses Besitzes kamen seit Menschengedenken auf tragische Art ums Leben. Bei einer Schlacht, einem Raubzug, auf der Jagd. Unfälle, Unglücke, Morde. Ein Fluch lastet über dem Berg und seinen Bewohnern. Ein geheimnisvoller Fluch!"
Die letzten Worte hatte der Alte beschwörend gesprochen, mitten in Finjas gebannten Blick hinein. Hier war ein Mensch, der ihn verstand. Vielleicht der einzige Mensch! Und es war so wichtig, so wichtig!
Er war alt. Wenn er starb, würde mit ihm das Zeugnis dieses Landes sterben. Nur ein Mensch wie Finja, mit diesem kindlichen Glauben, diesem reinen Herzen, konnte sein Erbe antreten. Und er hatte nichts als seine Tiere und diese Geschichte.
„Eine hübsche Story. Hokuspokus!", bemerkte Elena.
Es entbrannte eine heiße Diskussion zwischen den Mädchen. Es fiel nur dem Alten auf, dass Finja gedankenverloren schwieg. Ihre Augen verfolgten einen schwarzen Punkt am klaren Him-

mel. Der Greif zog seine Kreise. Er war heute Herr der Wälder um Eskalien. Er war derzeitiger Bewohner des verfallenen Herrenhauses. Majestätisch segelte er mit weit gestreckten Schwingen durch die Lüfte. Bestechende Eleganz, kühle Unnahbarkeit.

„Na? Wo bist du gerade?" Patzek stupste leicht gegen Finjas Schulter.

Die Kleine sah ihn versonnen an. „Wir haben ein Gedicht in der Schule gelernt: Ach könnt ich doch fliegen, nur ein einziges Mal."

„Dann würdest du mit ihm dort oben in die Sonne fliegen, was?"

„Wer in die Sonne fliegt, versengt sich die Flügel, hat der Lehrer gesagt."

Patzek nickte. „Wenn du so denkst, solltest du mit dem Kolk fliegen. Diese Rabenvögel sind bodenständig und wollen nicht so hoch hinaus."

„Du meinst, ich will hoch hinaus? Hältst du mich für stolz?"

„Kleine Finja, du denkst zu viel. Ich vermute, für dich lebt sogar diese arme, verbeulte Konservendose. Weggeworfen, allein gelassen." Er zeigte auf die Reste eines Picknicks im Gras.

Finja lachte.

Opa Patzek hatte recht. Sie wandte sich um: „Steffi, Elena, Marleen! Er soll weiterreden!"

„Ja! Sag, was jetzt kommt!"

„Hast du's wirklich selbst erlebt? Kannst du schwören?"
„Ihr braucht es ja nicht zu glauben. Ich war so alt, wie ihr jetzt seid. Ich bin in Eskalien aufgewachsen. Ich kannte den Herren vom Gut und spielte vor dem eisernen Tor oft mit dem kleinen Artur. Wir hatten Brummkreisel mit Peitschen und schoben Klicker in die Murmellöcher. Manchmal durfte ich sogar zum Essen bleiben." Der Alte machte eine Pause, überlegte.
„Das änderte sich schlagartig, als die Gutsfrau verstarb. Das Dorf trauerte um eine Heilige. Für mich war sie ein Engel von überirdischer Schönheit. Am Tag nach der Trauerfeier ging Clemens von Eskalia, der Gutsherr, zur Jagd. Er kehrte nie zurück."
Die gedankenverlorenen Pausen wurden länger. Die Stimme brüchig. „Artur war nun Waise. Man hörte ihn nicht mehr lachen. Unsere Spiele hatten ein Ende." Patzek sog an seiner Pfeife. Sie war ausgegangen. Umständlich entzündete er sie. Geistesabwesend paffte er seine Rührung fort.
„Ein paar Getreue kümmerten sich um Artur und um das Gut. An einem kalten Wintermorgen fand mein Spielkamerad einen mächtigen Raben. Seit der Zeit lebt dieser Kolk dort droben."
„Dann wäre er uralt. So was geht gar nicht!" Elena wusste es besser, wie immer.

Patzek nickte nachsichtig und fuhr fort:
„Jahre vergingen. Eines Tages, es war Spätsommer und ein Tag wie heute, da verschwand die Sonne. Der Himmel wurde grau und schwer. Keine Wolke war zu sehen. Ein Sturm rauschte über Eskalien. Er bog die zarten Birken und Büsche, neigte die Pappeln der Allee, rüttelte die schlanken, serbischen Fichten rund um den Kirchhof und zerzauste die kräftige Blutbuche dort. Auch der Kirchturm blieb nicht verschont. Am Ende der aufgewühlten Landschaft erschien leuchtend ein schwefelgelber Streifen. Es nieselte. Vereinzelt tanzten Schneeflocken. Die Erde war warm, aber der Wind war so kalt, dass die Nässe am Boden gefror. Plötzlich war es ganz still. Die Natur schien den Atem anzuhalten. Winzige Augenblicke, dann brach das Wetter mit rasendem Toben verstärkt an. Ein Grollen rollte heran, steigerte sich, lärmte und krachte. Ein Gewitter? Kein Blitz durchzuckte das Dunkel. Im Kirchturm schlug die Glocke an. Ihr jämmerlicher Ton liegt mir noch heute in den Ohren. Dichtes Schneetreiben mit dicken, flauschigen Flocken setzte ein, verwandelte das tiefe Grau in strahlendes Weiß. Der Himmel, die Erde, die Luft. Weiß, klar und durchsichtig. Der Sturm hatte sich gelegt."
„Aber Opa Patzek! Opa Patzek, es war Sommer!"
„Ja, das war's, was keiner verstand. Glaubt mir,

es war das Wilde Grausen!" Das hatte er geheimnisvoll gemurmelt.

Finja akzeptierte seine Ehrfurcht vor dieser bedrückenden Macht. Die anderen stritten. War es möglich, dass aus heiterem Himmel, beispielsweise in diesem Moment, ein solches Wetter toben könnte? Oft hatten sie die Schilderung gehört. Jedes Mal schien es ihnen völlig unwahrscheinlich.

„Dann war der Winterspuk vorbei, oder?" Steffi versuchte, den Fluss der Ereignisse wieder herzustellen.

Opa Patzek strich erwachend über Augen und Stirn. „Ja, Bilderbuchwetter. Und mein Freund?" Der Alte seufzte. „Ich habe Artur seitdem nie mehr gesehen. Die paar Bediensteten des Gutes waren geflohen. Die Verwüstung des Anwesens dort oben nahm in jenen Tagen seinen Anfang. Kein Menschenfuß hat es mehr betreten dürfen."

„Du hast es versucht, nicht wahr?"

„Ich durchstöberte den Park, versuchte, ins Herrenhaus zu kommen. Umsonst! Jedes Mal packte mich dieses Wilde Grausen. Wie ein Wirbelwind reißt es einen in die Höhe, und im hohen Bogen wirft es jeden Neugierigen vors Tor. Ich fand keine Spur von meinem Freund. Artur von Eskalia blieb verschollen."

Der Alte atmete schwer.

Für heute schloss er damit, dass der Greif sich in dem Haus einnistete.
„Das Gebäude verwahrloste. Viele sind geboren, viele sind gestorben seit der Zeit. Aber der Greif und der Kolk sind da, als hätten sie das ewige Leben gepachtet."
Finja sah auf zum Himmel. Der schwarze Punkt war fort.

Der Herbst ließ keine Wünsche offen. Sooft es möglich war, saßen die Mädchen beim Opa Patzek. Niemand konnte so spannend erzählen. Sie fragten ihn unermüdlich nach dem Geschlecht derer von Eskalia. So erfuhren sie irgendwann mehr über die Thecodontia:
„Sie war eine gerissene Herrscherin in den umliegenden Wäldern. War uralt, klapperdürr und krumm. Mit der Stimme eines krächzenden Raben. Sie wohnte im Herzstück des Urwaldes. Keine Hütte, ein Baumhaus. Der Sage nach hatte der König selbst Hand an ihren Baum gelegt. Die Alte hatte es geduldet.
Später entstand der Friedhof Eskaliens im Zentrum. Die ersten Gräber sollten an der Stelle, wo einmal das Baumhaus stand, ausgehoben werden. Seltsam, es war kein Spatenstich möglich.
Die Kirchengemeinde beschloss, die Erde, die sich gegen die Toten wehrte, mit einem Kreuz zu

weihen. Bei der Enthüllung stürzte es durch einen gewaltigen Windstoß um. Der Stein zersprang in viele Teile, die mahnend dort liegen geblieben sind. Von da an berührte keiner mehr das Stückchen Erde, das nun brachliegt. Übrigens ist die Thecodontia nie mehr gesehen worden. Wer weiß, wo sie Unterschlupf fand."

Ein andermal kam eine Erklärung über das Wilde Grausen: „Es ist ein Wesen, das man nicht sieht und nur spürt, wenn es handelt. Streift es einen, so ist es ein Luftzug, der zwingend und bösartig wütet. Der packt und schüttelt, aufhebt und wegwirft. Egal, ob Mensch, ob Ding. Unberechenbar. Es hat kein Woher und kein Wohin. Keine Stimme. Es ist ein Nichts und stark, wie ein Heer ausgewachsener Männer. Es existiert, seit die Ureinwohner verschwanden, nach der Vernichtung des Drachens."
Die Freundinnen konnten sich solche Kraft nicht vorstellen, aber Finja bezweifelte keine Silbe.

Als der bunte Herbst ausklang, folgten kalte Novembertage. Seit einer Woche regnete es ununterbrochen. Es wurde nicht eine einzige Stunde richtig hell.
An einem dieser tristen Tage kam Steffi mit einer aufregenden Nachricht zu Finja. Das Mädchen

triefte vor Nässe und sprudelte los: „Du wirst es nicht glauben, ich weiß es von Marleen. Die haben heute den alten Patzek gefunden. Elena soll gesagt haben, dass nun die Spinnerei ein Ende hat. Trotzdem schade. Er hatte so schöne Geschichten. Was ist los?" Steffi starrte die Freundin an.

Leichenblass, die Augen aufgerissen, den Mund zu einem entsetzten Schrei geöffnet, so stand sie vor Steffi. Fast tonlos kam endlich ein einziges Wort fragend über ihre Lippen: „Tot?"

„Menschenskind, ja! Er war schließlich fast neunzig!"

„Sicher hast du recht", sagte Finja leise.

Steffi hatte sich auf ein Plauderstündchen eingerichtet, aber es kam kein vernünftiges Gespräch auf. So verabschiedete sie sich bald. „Machs gut, ich will noch zu Elena!"

Finja war es gleich. Sie legte sich auf ihr Bett und stierte gegen die Decke. Tränen liefen über ihre Wangen. Eine helle Straße Tränen.

Zur Beerdigung gingen wenige Dörfler. Wen hat so ein alter Mann schon? Viel Neues war auf seiner Beisetzung nicht zu erfahren. Ein Erbe war nicht zu erwarten. Außer dem Spuk in seinem Kopf umschwebte ihn kein Geheimnis. Er war gestorben, weiter nichts.

„Kinder haben da nichts verloren", hatte die Mutter gesagt, als Finja hingehen wollte. „Bleib du recht lange fröhlich!"
Mein Gott! Die Eltern wussten doch, dass sie an ihm gehangen hatte. Ihn ohne Abschied zu lassen, schmerzte. Sie pflückte die letzten Astern im Garten und stahl sich aus dem Haus. Der Totengräber warf bereits Erde in das tiefe, dunkle Loch. Ein dumpfes, hohles Klatschen auf das Holz des Sarges. Schaufel um Schaufel. Krampfhaft hielt Finja die Blumen. Was sollte sie tun? Sie hatte den Abschied verpasst.
Der Totengräber sah auf und entdeckte Finja. Er hielt inne und stellte sich eine Weile schweigend neben sie. Er nahm seine Mütze ab, drehte sie unschlüssig in den Händen. Endlich sagte er verlegen: „Willi war ein guter Mensch. Er hatte eine schöne Beerdigung. Wenn du willst, so wirf ihm eine Hand voll Erde hinab. Er wird dich verstehen."
Finja hob ihr verweintes Gesicht. Fragend sah sie den Mann an. „Erde? Nur Erde?"
„Ja, Erde. Von Erde bist du genommen, zu Erde sollst du werden. Das sagt der Pastor jedes Mal."
Finja trat dicht an den Rand. Sie sah Stücke des Sarges unter frischem Tannengrün und flüsterte: „Opa Patzek, ich bin's, Finja. Warum bist du gegangen? Warum konntest du nicht bei mir blei-

ben? Warum?" Ihre Tränen topften auf die Blumen, hingen in den Astern wie Tau. Ein Gebet kam über Finjas Lippen. In diesem Augenblick des tiefsten Gedenkens an den toten Freund fuhr ein kalter, heftiger Luftzug aus der Gruft. Er ergriff das Mädchen, ließ es einen Moment wanken, riss die Blutbuche am Hauptweg hin und her und schüttelte die Riesenvögel aus der Baumkrone. Und im Nu war der Spuk vorbei.

Finja nahm ein wenig der feuchten Erde, streckte beide Hände weit vor und ließ Blumen und Erde gleichzeitig fallen. „Über uns hat das Wilde Grausen keine Macht", flüsterte sie. „Nicht hier. Nicht über uns, Opa Patzek!"

Auf dem Heimweg sah sie den Felsen des Drachenberges zwischen den Bäumen, sah den Kolk zu den Feldern fliegen, sah den Greif im Dunst verschwinden. Hatte das Wilde Grausen denselben Weg genommen? Oh, wenn sie Opa Patzek fragen könnte!

2. Finja

Wieder war ein Sommer ins Land gegangen. Finja mied die Freundinnen, deren geistloses Geplänkel. Mit dem Rad fuhr sie hinaus in die Natur. Da Vater und Mutter sie gewarnt hatten: „Nicht in den Wald! Fahr um Himmelswillen nicht zum Drachenberg", hielt sich Finja meist am Rande des Tann auf, sammelte Pilze oder die braunen Zapfen der Nadelbäume, las in einem Buch oder beobachtete die Eichhörnchen, wie sie sich um die mitgebrachten Nüsse rissen.

Sah Finja in die Wipfel der hohen Kiefern, so schienen sie sich herabzuneigen aus ihrem luftigen Wolkenkuckucksheim. Manchmal erspähte sie droben in schwindelnder Höhe den Greif vom Drachenberg. Dann dachte sie betrübt an ihren alten Freund.

Nach solchen Tagen mied sie den Tann und fuhr zum Lauba, der licht und hell war – mit einem herrlichen Blumenteppich. Hier hatten die Bäume in jeder Jahreszeit ein anderes Kleid in wunderbarer Farbenpracht. Vögel trällerten, warnten oder schimpften. Finja hörte ihnen zu. Selten sah sie so einen Sänger.

Oder sie durchstreifte den Grub, der kein richtiger Wald war. Eher eine Ansammlung verschiedener Vertiefungen; Teiche, Steinbrüche, eine Sandgrube. Hier wagte sie sich trotz Verbot tiefer hinein. Erst am oberen Bruch oder am Rehteich war es wirklich schön. Grillen zirpten. Frösche quakten. In der Oberfläche des Sees spiegelte sich der Himmel mit seinen weißen Wolken. Wenn sie sich vorbeugte, sah sie im tiefblauen Wasser ihr Bild. Wenn der Greif über dem Grub seine

gleichmäßigen Runden zog, sah sie auch ihn in dem glitzernden Spiegel des Sees. Schaute sie auf, war er so nah, dass sich ihre Blicke trafen.
Sehnsucht nach der unendlichen Weite dort oben, aber auch Angst ließ ihren Atem schneller gehen. Bei ihm sein, das Land unter sich lassen, schwerelos gleiten, welch ein Traum.
Von fast jedem Punkt der Umgebung winkte ihr der Drachenberg zu. „Komm!", schien er zu rufen. „Komm, Finja!" Das Verlangen war mächtig, aber ihr fehlte der Mut.
Bis zu dem Tag, als die Freundinnen mal wieder bei Finja auftauchten. „Wir werden deinen Märchenprinz suchen!", verkündete Elena. „Heute Nacht ist Vollmond, da wandern wir zusammen zum Drachenberg!"
„Was hat das mit Vollmond zu tun?", wunderte sich Steffi.
„Alles Unheimliche geschieht bei Vollmond! Außerdem ist es heller!"
„Du bist verrückt!", maulte Marleen.
„Was ist denn dabei?", fragte Elena zurück.
„Wenn uns was passiert", gab jetzt Steffi zu bedenken.
Finja schwieg vorerst. Aber Elena hatte das ausgesprochen, wovon Finja längst träumte.
„Wir gehen zum Gut und bringen sie ans Tor. Da warten wir."

„Und wie lange?"
„Bis sie mit oder ohne Prinz zurückkommt."
„Du bist übergeschnappt! Der Kerl ist mindestens sechzig Jahren tot! Und wenn nicht, ist er neunzig wie Patzek!"
„Mensch Steffi! Geister altern nicht!"
„Quatsch! Ich sage euch, das ist gefährlich!"
„Jetzt glaubst du wohl auch an den faulen Zauber!" Seit Marleen wusste, dass nur Finja ins Herrenhaus sollte, fand sie das Unternehmen Drachenberg aufregend.
„Ich werde gehen."
„Was?" Dreifaches Erstaunen.
„Ich gehe zum Gut", wiederholte Finja.
Als sie sich verabschiedeten, erinnerte Elena: „Nicht vergessen, um zehn am Ortsausgang zum Eska", und legte den Zeigefinger auf ihre Lippen.

Der Abend war mild. Es schien, als schlafe der Wald. Je näher sie dem Drachenberg kamen, umso schweigender gingen sie. Plötzlich schob sich der leuchtende Mond aus der stockfinsteren Wolkenwand. Ein strahlender Lichtkranz umgab die Bäume. Er hob die Konturen der Felsen hervor und machte den Ausflug gespenstisch. Die Schritte waren fast lautlos. Der Waldboden dämpfte jedes Geräusch. Steine kollerten. Der Weg wurde steil.

Im Gegenlicht des Mondes wirkte das verrostete Gitter bedrohlich. Sie blieben stehen, sahen sich an. „Also, bis um eins", flüsterte Elena.
Wortlos wandte sich Finja ab und schlüpfte durch den Spalt, um den das windschiefe Tor nicht schloss. Sie ging mitten auf dem überwachsenen Kiesweg dem Gutshaus zu.
Als sie im Dunkel verschwand, beschlich die Mädchen ein heimlicher Zweifel. Was hatten sie getan? Ach was, Finja war freiwillig gegangen.

Finja setzte zögernd Fuß vor Fuß. Sie schaute sich um. Die Freundinnen waren trotz des Vollmondes nicht mehr zu erkennen. Der Kies knirschte. Aus Furcht vor diesem Geräusch watete sie am Wegrand durch das hohe wuchernde Gras. Jetzt hatte sie den Sockel erreicht, auf dem eine schlanke Steinfrau nackt, mit hängenden Schultern, wohl seit undenklicher Zeit die Besucher grüßte. Nun, da niemand mehr das Gut betrat, war es wohl unwichtig, dass sie keinen Kopf hatte und ihr einstiges Weiß moosig Grün schimmerte.
Finja umfing mit einem Blick das Haus. Prachtvoll muss es einmal gewesen sein. Drei Stufen führten auf den überbauten Freisitz. Das Dach wurde von vier eckigen Säulen getragen. Dazwischen spannte sich ein verwittertes, hölzernes

Geländer mit prächtigen Verzierungen. Der Verfall tat dem Liebreiz keinen Abbruch. Einige Fenster waren zersprungen. Im Giebel über dem Eingang fehlten mehrere Scheiben, vor allem in dem ehemals farbigen Rundbogen schimmerten nur noch Splitter. Eine Kugel leuchtete im Schein des Mondes. Sie thronte hoch über dem Giebeldach. Die beiden seitlichen Fenster endeten dicht über der Terrasse, ähnlich der Eingangstür.
Finja war scheu näher getreten. Sie drückte den eisernen Knauf herunter. Die Kälte des Metalls strömte ihr lähmend zum Herzen. Als der Flügel sich öffnete, wischte ihr Spinngewebe durchs Gesicht. Sie wollte schreien. Der Ton blieb ihr in der Kehle stecken.

„Sie ist über eine Stunde weg", raunte Marleen der Elena ins Ohr.
„Pst!", stieß Steffi erschrocken hervor, derweil Elena mit warnendem Gesichtsausdruck und einer Hand vor dem Mund Schweigen gebot.
Ein Vogel flog kreischend auf. Irgendwo gab es einen dumpfen Knall.

Knarrend war die Tür ins Schloss gefallen. Finja zuckte zusammen. Der Vollmond warf ein verwirrendes Licht- und Schattenspiel durch das zerstörte Dach der Empfangshalle. An deren Ende erkannte Finja Türen, versperrt durch wüste Schuttberge. Zerbrochene Ziegel und herausgelöste Steine bedeckten den Boden zu ihren Füßen. Die Besucherin hob betroffen den Blick. Der Raum war hoch. Erst jetzt sah sie, wie morsch alles unter dem grauen Staub war.

Der Teil über den hinteren Räumen war doppelstöckig, oben durch eine Brüstung zur Empfangshalle hin abgesichert. Das Geländer des linken Aufganges lag zerborsten auf den Steinfliesen. So bahnte sich Finja vorsichtig einen Weg nach rechts. Sie setzte einen Fuß auf die erste Stufe, die zweite ... Jeder Schritt schien ihr Mühe zu bereiten. Auf halber Höhe blieb sie stehen.

Es war wie ein Traum: Ein Mädchen geht in einem fremden, unheimlichen Haus durch jahrzehntealten Unrat. Dieses Mädchen zerreißt dichte Vorhänge von Gespinsten, während es sich langsam vorwärts bewegt. Es hat ängstliche Augen und sieht aus wie Finja. „Ich bin's nicht! Ich bin's einfach nicht!", flüsterte sie.

Gegen zwölf Uhr wurden die Freundinnen allmählich ungeduldig. Noch eine Stunde. Wolken türmten sich am Horizont, leichter Wind machte sich auf. Feiner Sprühregen ließ die Mädchen vor Kälte zittern. Sie wagten kaum zu atmen, geschweige denn zu reden.

Wo Finja nur blieb?

Der Vollmond warf weißes, gebündeltes Licht durch das Dach. Finja schauderte. Unentschlossen nahm sie die letzten Stufen. Sie hörte ein lautes, pumpendes Geräusch. Sie lauschte. Herzklopfen! Da war nur das eigene Herzklopfen, das ihr in den Ohren dröhnte.
Eine der Türen im Obergeschoss hing zersplittert in den Angeln. Aus der hohlen Öffnung schimmerte es hell. Wie überall in diesem Haus waren die Fenster milchig trüb. Nur wo das Glas herausgesprungen war, hob Schummerlicht Schattenrisse aus der Tiefe des Zimmers. Verhüllte Möbel und Bilder, eingesponnen in den Staub der Zeit. Gleich hinter der Tür ein Arbeitstisch, als Schreibplatz eingerichtet. Man konnte ihn nicht sauber nennen, er schien aber durch kürzliche Nutzung eine Insel in all dem Schmutz.
Da lag ein Heft. Fast blank, als hätte es eine unsichtbare Hand gerade erst dort abgelegt. Eine Schreibfeder lag eingetrocknet neben dem geöffneten Tintenfass. Wer schrieb heute noch mit einer Feder?
Finja griff nach dem Buch. Sie blätterte darin. Gern hätte sie es gelesen. Sie spürte einen Luftzug und presste es erschrocken an die Brust. Wolken verdunkelten den Himmel. Ein Fenster

sprang mit Getöse weit auf und der hereinfegende Sturm schüttelte das Mädchen.

Die drei Freundinnen rückten ängstlich zusammen. Der Mond hatte sich in den Wolken versteckt. Es regnete. Wetterleuchten hinter dem Eska. Die Konturen des Herrenhauses zeichneten sich schwarz gegen den Himmel, um gleich darauf im Nichts zu verschwinden. Ein anfängliches Grummeln schwoll an zu krachendem Donner. Grelle Blitze zuckten nieder, ein Schlag folgte. In panischer Angst rannten die Mädchen ins Dorf zurück.

Finja stand wie angewachsen. Im Blitzgewitter sah sie deutlich die Umrisse des Raumes, in dem Gegenstände durch die Luft wirbelten.
Es goss in Strömen. Irgendwo schlug es ein. Eine Windböe erfasste das Mädchen, warf es hart gegen den Türpfosten. Eine weitere Böe fegte es über die Treppe, das Geländer gab nach unter der plötzlichen Last. Finja stürzte in die Tiefe.
Jetzt! Sie empfand schon den Aufprall. Da! Ein harter Griff um ihre Schultern, ein stechender Schmerz. Finja fühlte sich abgefangen, emporgehoben. Sie schwebte der Dachöffnung entgegen. Der Sturm umbrauste sie, der Regen peitschte. Irgendwo lachte jemand. Meckernd, schadenfroh.

Große Schwingen. Rechts eine, links eine. Sie sah die Spitzen der Flügel, die sich gleichmäßig auf und ab bewegten. Der Wald unter ihr, die Schatten der Nacht, das Grollen des Himmels. Eine teuflisch quälende Melodie.

Aufwachen, dachte Finja. Aufwachen! Langsam hob sie die schweren Augenlider. Der volle Mond schickte kaltes Licht ins Zimmer. Finja lag im Bett. Ihre Kleidung hing über der Stuhllehne. Ordentlich. Wie gewohnt. Also hatte sie nur geträumt. Kein Unwetter, kein Zauberwesen.
Eine Weile betrachtete sie die Pfütze unter dem Stuhl. Komisch, dachte sie. Verwirrt strich sie das nasse Haar aus der Stirn. Nass? Wieso nass? Sie setzte sich mit einem Ruck auf. Das war nicht möglich! War sie geflogen? Hatte sie sich tatsächlich aus dem Vorgarten aufgerappelt, wo sie abgesetzt worden war? Vom Greif? Wirklich vom Greif? Hatte sie sich ins Haus geschleppt?
Ihre Hand tastete unter das Kopfkissen. Das Buch! Ja, dort lag das Buch. Sie wollte gerade hineinschauen, da beschlich sie das Gefühl, nicht allein zu sein. Sie stand auf und ging zum Fenster. Hinter der Scheibe: der Greif!
Deutlich sah sie seine Augen. Augen eines todunglücklichen Menschen. Wieso Mensch? Finja streckte die Arme aus, berührte das Glas. Der

Greif verschwand. Lange schaute das Mädchen in die Nacht. Irgendwann zog sie die Gardine zu und schlüpfte ins Bett. Beim Schein der Nachttischlampe begann sie endlich, zu lesen.

3. Artur

„Wie viel unendliche Zeit ist bereits vergangen! Wie viel unendliche Zeit wird noch vergehen? Manchmal wünsche ich mir einen Freund, vor dem ich mein verwunschenes Leben ausbreiten könnte, um danach ganz einfach zu sterben. Aber ich habe Angst. Vor dem Tod? Nein! Ich habe Angst, zum Wilden Grausen gehören zu müssen.

Nun habe ich mich entschlossen, meine Erinnerungen und Erlebnisse niederzuschreiben. Wenn ich einst wirklich für immer meine müden Augen schließen sollte, wünschte ich, ein Mensch fände dieses Buch und würde für meine arme Seele beten!"

Hier mochte der Schreiber eine Pause gemacht haben. Die Tinte hatte eine andere Färbung.

„Ich kann mich gut an meine liebe Mutter erinnern. Sie war sanft, sagte nie ein böses Wort. Unsere Leute, ja, auch viele Dorfbewohner, verehrten sie. Sie war der gute Geist unseres Geschlechts. Als sie starb, starb mit ihr meine unbeschwerte Kindheit. Mein Vater kam kurze Zeit darauf von einer Jagd nicht mehr zurück. Er blieb verschollen. Wenn ich den Willi, den Wilhelm Patzek nicht gehabt hätte, Berta und Heinrich, ich wäre verzweifelt.

Berta, unsere Küchenmamsell, ersetzte mir die Mutter so gut sie es vermochte. Unser Heinrich war mein väterlicher Berater und ein prima Gärtner.

Irgendwann, es war bitterkalter Winter, fand ich im Park einen riesigen Raben. Ich rettete ihn vor dem Erfrieren. Er blieb den ganzen Winter – in der Halle, unter dem Dach in den Sparren. Im Frühjahr flog er zwar aus, aber er kehrte stets zurück. Nun hatte ich außer dem Willi noch einen Freund. Wenn ich sehr einsam oder traurig war, so fand ich bei meinem Kolk Trost."

Scheinbar hatte der Schreiber seine Aufzeichnungen oft unterbrochen, hatte sein Leben in einzelnen Berichten dokumentiert. Das war im Schriftbild deutlich zu erkennen.

Finja sah den kleinen Artur vor sich, Trost suchend, einen Arm um den Hals vom Kolk geschlungen, in einem dunklen Winkel sitzend. Wie er ihm sein kleines Herz ausschüttete und eine heimliche Träne von der Wange wischte.

„Eines Tages kam ein uraltes Weib auf den Hof. Mir fiel sofort die Sage ein, als der König von

Eskalia sich zum Herrscher über dieses Land machte. Es war vor langer Zeit ..."

Die nun folgenden Seiten, die Artur von Eskalia sorgfältig, in ungelenken, steilen Buchstaben niedergeschrieben hatte, waren dieselben Berichte, die Opa Patzek unzählige Male mündlich überliefert hatte. Von der Wildnis, dem König, seinem Kampf mit dem Drachen, der Urbarmachung des Landes, der Besiedelung. In diesen Zeilen fehlte die Beschreibung und das Treiben der Hexe Thecodontia ebenso wenig, wie das Wilde Grausen. Endlich nahm der Schreiber den Faden wieder auf. Das alte Weib.

„Ich sah die Alte über den Hof kommen und wusste sofort, das kann nur die Thecodontia sein. Sie sollte keine Macht über mich haben! Ich schleuderte ihr entgegen, sie solle verschwinden. Das wirst du bereuen, giftete sie mich an. Aber sie ging tatsächlich. In jener Nacht stahl sie mir meinen Kolk. Das einzige Lebewesen, das mir gehörte! Das ich unendlich liebte. Ich machte mich auf, ihn zu suchen. Diese alte Hexe war sicher in der Umgebung. Wenn sie sich in unseren Wäldern aufhielt, so würde ich sie finden.

Ich ging Tag und Nacht und kam endlich an eine windschiefe Kate. Erschöpft versteckte ich mich in den Büschen. Es war ein goldener warmer Oktobertag. Ich wollte den Abend abwarten.

Dann stand die Thecodontia wie aus dem Boden gewachsen vor mir, hässlich und drohend. Ich konnte mich nicht bewegen! Verdammt! Ich befand mich in ihrem Bannkreis! Sie hatte die Macht!"
Erregt ließ Finja das Buch sinken. Bange las sie den Zauberspruch:

> Ewig leben.
> Ewig schweben.
> Sei ein Aves, riesengroß.
> Nie gemeinsam.
> Immer einsam.
> Meine Macht lässt dich nicht los.
> Niemals Wahrheit.
> Niemals Klarheit
> einem Menschen dieser Erde.
> Ein Wisser hier,
> das merke dir,
> durch dich getötet werde.
> Und tust du's nicht,
> du armer Wicht –
> das Wilde Grausen nimmt dich ja!
> Dann bist du mein.
> Ich warte dein.
> Ich! Thecodontia!!

Finja wiederholte flüsternd diese Verse. Unheimlich klang es ihr. Sie begriff allmählich die Bedeutung des Zaubers. Sie hielt das Buch in ihren

Händen und blätterte gedankenverloren die vielen ungelesenen Seiten durch. Es war Stoff für manche Nacht, und sie hatte doch nur diese eine. Er würde sterben. Er oder sie. Opa Patzek, dachte sie, wenn du mir nur raten könntest.

Zögernd stand sie auf. Während sie sich anzog, suchte sie verzweifelt nach einem Ausweg. Sie schlich hinaus. Im Schatten der Häuser huschte sie durchs Dorf. Als sie auf der freien Landstraße war, sah sie den Eska mit seinem aufragenden Felsen in fahlen Konturen vor dem blassen Morgengrauen. Entschlossen marschierte sie darauf zu. Sie kam dem Gutshof näher und beschleunigte ihren Schritt. Angst schnürte ihr die Kehle zu. Sie merkte gar nicht, dass sie unaufhörlich vor sich hinmurmelte: „Lass ihn nicht sterben, bitte lass ihn nicht sterben."

Endlich! Den Vorplatz nahm sie kaum wahr, rannte an der kopflosen Steinfrau vorbei, auf die Eingangstür zu. „Artur!" Sie riss die Tür auf, stürzte in die Empfangshalle, wiederholte diesen zitternden Ruf. Schon war sie oben auf dem Treppenabsatz, da sah sie den Greif liegen. Hingestreckt in all dem Schutt. Sie machte auf dem Absatz kehrt, eilte die Treppe hinunter und schrie seinen Namen: „Artur!" Sie sank vor ihm in die Knie, schlang schluchzend die Arme um seinen Körper. „Bitte nicht sterben. Du darfst nicht ster-

ben. Bitte nicht!" Sie schüttelte ihn in wilder Angst. Der grauwollige Kopf mit dem wuchtig gekrümmten Schnabel fiel kraftlos zur Seite. Die Augen waren geschlossen. Vorsichtig tastete Finja darüber. Wie durch ein Wunder öffneten sie sich unter dieser zarten Berührung.
„Gott sei Dank! Du lebst!" Erleichtert ließ sie den Kopf auf seine Brust sinken. „Du musst mich töten, du kannst nicht anders!"
Er schüttelte den Kopf, legte seine Schwingen um ihren Leib.
„Du willst sterben um meiner Neugier willen?"
Er zog sie mit einem gequälten Laut an sich und strich ihr übers Haar.
„Artur! Mein Leben für deines!"
Eine stumme Verneinung.
„So sterbe ich mit dir!", rief sie trotzig.
Da erscholl ein höhnisches Gelächter! Finja erschauerte. Da der Greif sie in seiner Umarmung hielt, blieb sie still liegen. In ihr war Friede eingekehrt. Sie horchte auf seinen Herzschlag und flüsterte verdutzt: „Das ist kein Herz von einem Greif!"
Wieder erscholl dieses wiehernde Lachen. Finja störte sich nicht mehr daran. Einmal hob sie den Kopf, sah Artur an und lächelte. „Deine Augen sind so grün wie dein Wald. Die hat die Alte nicht verzaubert."

Das Gelächter!

„Was ist sie für ein Stümper, diese Thecodontia. Einen Vogel kann sie hexen, aber kein Vogelherz und Augen auch nicht!"

Sie fühlten beide einen heftigen Luftzug. Ein Brausen um sie herum schüttelte sie. Ein Nebelschwaden sauste durch die Halle, stieg aus dem Dachstuhl hinaus, schleuderte die Kugel durch die Ziegel. Ein rasender Fall. Dicht neben ihnen schlug das metallene Geschoss in den Boden. Steine und Holzsplitter folgten. Das Haus wankte in seinen Grundmauern.

Finja klammerte sich an das dichte Gefieder, das sie schützend umhüllte. Das war das Letzte, woran sie sich erinnerte, ehe sie das Bewusstsein verlor.

Als sie erwachte, waren ihr die Ereignisse der Nacht sofort gegenwärtig. Sie fühlte sich warm umfangen. Da war dieses vertraute Herzklopfen. Die Brust, an der sie ruhte, hob und senkte sich in gleichmäßigen Atemzügen.

„Du hast so ruhig geschlafen. So ruhig", sagte eine tiefe, melodische Stimme.

Nein, Finja mochte nichts sagen, nichts sehen.

„So ruhig. Obwohl hier fast die Welt unterging."

Erst jetzt sah Finja auf. „Du kannst sprechen?" Sie schaute in sein Gesicht. Weich, jung. Dichtes, rotbraunes Haar fiel in die Stirn. Und diese wald-

grünen Augen! Diese Augen, die sie so gut kannte. Es war nicht schlimm, dass ein Tränenschleier ihr dieses herrliche Bild verwischte. Sie hatte es in sich aufgenommen. Unauslöschlich für alle Ewigkeit. Ihre Hände tasteten sich von seiner Brust über die Schultern, die Arme.
Mit seinen Händen fing er ihre bebenden Finger ein, hielt sie mit leichtem Druck. Wie konnte das geschehen? Artur schüttelte den Kopf. „Ich weiß es nicht. Ich weiß es einfach nicht. Ich weiß nur, dass du lebst."
„Hat es ... hat es dir nicht wehgetan?"
„Ich kann mich kaum erinnern. Ich habe Mauern einstürzen sehen, sah Blitz und Donner über uns niedergehen. Plötzlich merkte ich, dass mein Federkleid verschwunden war."
„Hattest du gar keine Angst?" Das schien Finja unmöglich. Sie hatte in seinem Tagebuch gelesen und war dabei bereits durch alle Tiefen der Hölle gegangen. Sollte es Menschen geben, die keine Ängste haben?
„Angst. Oh Finja! Wärest du in meinen Armen gestorben, ich wäre verrückt geworden!"
Das Mädchen nickte. „Ja, die Schuld, nicht wahr? Man wird mit der Schuld nicht fertig."
„Du nennst es Schuld. Vermutlich ist das der Grund, weshalb du hierher kamst?"
„Wie nennst du es denn?"

„Liebe ..."

Finja richtete sich erschrocken auf. Sie wollte sich aus seiner Umarmung lösen, die nun für sie eine völlig neue Bedeutung bekam. Doch er hielt sie. Sie sah ihn das erste Mal lächeln. Sein Blick umfing, ja streichelte sie. Als er sich zu ihr beugte, als seine Lippen wie zufällig ihre Wange streiften, da sträubte sich Finja voll Scheu. Im Grunde ihres Herzens wusste sie, dass er recht hatte. Wieso hatte sie es nie bemerkt? „Wir kennen uns kaum, Artur! Vielleicht ist es nur Dank."

„Wie lange kennen wir uns schon, Finja! Wie lange treibt dich die Sehnsucht in die Wälder? Wie gut kennst du mich durch deinen alten Freund Patzek!"

„Woher weißt du das?"

„Hast du in der Schule nicht gelernt, dass Greifvögel besonders scharfe Augen haben?"

„Aber ..."

„Ich habe Willi beständig beobachtet. Nur einmal mit ihm reden, ihm sagen: Ich bin hier! Oft warst du bei ihm. Seine Geschichte ist meine Geschichte, mein Leben. Du hast dem Wilden Grausen Willis Seele entrissen, damals am Grab."

Ja, der Freund! Wenn er das hier hätte erleben können! Ihr fiel das Gedicht vom Fliegen ein. Sie schmunzelte.

„Was amüsiert dich?"

Aus ihren Gedanken heraus meinte sie: „Ach, könnt ich doch fliegen, nur ein einziges Mal."

Artur strich ihr übers Haar. „Ich sagte dir ja, dass es dich schon lange zu mir in die Wälder trieb. Allerdings, dieses Gedicht handelt von einem Papierdrachen!", gab er zu bedenken.

„Du bist gut informiert! Direkt unheimlich!", stieß Finja in komischem Entsetzen hervor.

„Ich war dir nah, so nah, wenn ich meine Kreise zog. Wenn ich mit dem Kolk ..."

„Meine Güte! Artur!" Finja sah ihn erschrocken an und sprang auf. „Wo ist er?"

Im Nu stand Artur in seiner stattlichen Größe neben ihr. In altmodischer Hose und einer halblangen Weste über dem blusigen Hemd. Er blickte suchend durch den Raum. Himmel! Wie konnte er es nur einen Augenblick vergessen? Der Kolk! Der hatte zuletzt oben in den Dachsparren gesessen. Dann waren Balken zerborsten und herabgeschleudert. Arturs Blick verfolgte die Richtung, in der die Splitter zu Boden gesaust sein mussten. Finja entdeckte die Stelle zur gleichen Zeit.

Da war kein Kolk ... Ein Mann lag eingeklemmt unter den Trümmern. Sie kämpften sich zu ihm durch.

Seine Augen waren geschlossen. Sein Haar klebte blutverkrustet an der Schläfe.

Artur beugte sich über ihn. „Vater", flüsterte er, „mein Vater!"
Clemens von Eskalia hörte Stimmen von weit her. Träumte er, oder wurde er vorsichtig aufgehoben und aus der Einsturzgefahr des Hauses getragen? Licht und Schatten tanzten wie das bunt bewegte Spiel in einem Kaleidoskop. Er kam zu Bewusstsein, lag unter der schattigen Eiche. Die Frühsonne flirrte im Blätterdach. Zwei besorgte Gesichter schoben sich davor. Artur, dachte er ... Finja. Deutlich formte er sein erstes Wort: „Endlich!"

4. Thecodontia

Später saßen Vater und Sohn auf den Stufen der Terrasse. Finja konnte ihre Gedanken nicht ordnen. Sie lehnte mit dem Rücken am Stamm des schattigen Ginkgobaumes. Ihr bot sich ein lang ersehntes Bild. Die Herrschaft war zurückgekehrt, da bestand für sie kein Zweifel.
Weit unten erwachten gerade die Bewohner von Eskalien und begannen ihr Tagwerk. Nicht ahnend, was hier geschehen war. Der Drachenfels reckte sich wie eh und je, abweisend blickte er ins Land. War der Zauber gebrochen? Sie wollte es glauben. Sie musste es glauben, um nicht die Fassung zu verlieren.

Wohlwollend lag des Vaters Blick auf ihr. „Komm näher, mein Kind!", bat er stockend. „Du bist ein tapferes Mädchen, setz dich!"
Zufrieden betrachtete er das Paar. Dieses Glück, dieses unverhoffte Glück!
Artur hatte einen Arm um Finja gelegt. Seine Hand streichelte sie sanft. Mit der anderen Hand zerdrückte er seinem Vater fast die Finger.
„Warum hast du nie gesprochen? Ein Zeichen?"
„Ja, mein Junge, wenn ich gekonnt hätte, wie viel Leid wäre uns erspart geblieben."
„War es bei Ihnen auch die Thecodontia?", fragte Finja.
Der Vater nickte.
„Warum?"
„Am Tag nach der Beerdigung", er sah Artur an, „nach Mutters Beerdigung. Es hielt mich nicht mehr auf dem Gut. Ich hoffte, draußen in der Natur ruhig zu werden, wollte jagen. Ich ritt durch die Wälder, spürte den Wind, sah die Blätter tanzen und hörte raschelndes Laub. Die Sonne schien. Himmel, die Sonne schien ja! Ich wollte heim zu meinem Sohn. Unterwegs erlegte ich einen Hasen. Als sich ein krächzendes Riesenvieh wild flatternd auf meine Beute stürzte, erschoss ich es. Ein Reflex. Ohne Überlegung." Erregte Atemzüge hoben und senkten seine Brust. „Plötzlich, aus dem Nichts, war die Thecodontia da! Sie

zeterte und schrie. Ich hatte ihren Aves getötet. Das sollte ich büßen." Die Stimme versagte fast.
„Vater! Ruh dich aus, bitte!"
„Lass nur, mein Junge. Das Ergebnis ihrer Zauberkunst war der Kolk. Zauberspruch, Bedingungen, ihr kennt sie. Aber in ihrem übergroßen Hass schleuderte sie mir mit höhnischem Gelächter entgegen, dass der Zauber nur gebannt werden kann durch ein Menschenherz, das sich einem zuwendet. Das bereit ist, für seine Liebe zu sterben. Der Fluch hat gegen die Liebe keine Macht."
Lächelnd nickte der Vater Finja zu.
„Verzweifelt kehrte ich an einem kalten Winterabend zum Gut zurück. Am Morgen fandest du mich, weißt du noch, Artur?"
Wie sollte er es vergessen haben! „Aber ich liebte dich! Hätte ich dich nicht erlösen müssen?"
„Das brauchte eine neue Liebe, ein Herz, das sich einem zuwendet." Schweigend saßen sie, hingen ihren Gedanken nach.
„Übrigens", fiel jetzt dem Vater ein: „Ich erfuhr im Reich der Thecodontia, dass im Falle der Erlösung das Zauberreich der Alten zwar zusammenbrechen würde und das Wilde Grausen sich in den Nebeln der Lüfte auflösen müsste. Aber die Hexe … Das ist nicht einfach. Sie muss man im Herzen treffen, um sie endgültig ins Land der Märchen zu verbannen."

Finja fragte, ob Hexen überhaupt ein Herz besitzen.
Herr von Eskalia zögerte. „Demnach ja!"
„Was heißt, im Herzen treffen?", bohrte Finja.
„Es heißt da in einem alten Spruch:
Triff im Herzstück sie.
Eine Wurzel zieh'.
Und wurzelt neues Leben,
so muss sie sich ergeben."
„Wo finden wir sie, die Alte. Und was ist das für eine Wurzel?", fragte Artur.
Vater Clemens hob die Schultern. „Ich weiß es nicht."
Das Mädchen hörte ihren alten Freund Patzek. Sie sah ihn vor sich. Sie sprach einen Teil der Worte nach: „Sie wohnte im Herzstück des Urwaldes. Keine Hütte. Ein Baumhaus. Der Sage nach hatte der König selbst Hand an diesen Baum gelegt. Die Alte duldete, dass er den Baum schlug. Roden, das hatte sie ihm unter Strafe verboten."
„Du kennst diese Geschichte vom Willi Patzek, nicht wahr?" Der Vater schien zufrieden. Und an Artur gewandt: „Denk an den Friedhof! Denk an die Stelle, an der nie ein Spatenstich möglich war!"
„Und die Wurzel blieb drin!", setzte Finja triumphierend hinzu. „Sie muss raus! Wir müssen sie

ziehen. Stattdessen werden wir einen Baum pflanzen. Dann wurzelt neues Leben!" Sie sah in die ernsten Augen des Vaters. „Oder?", fragte sie unsicher.

„Es scheint mir so logisch! Lasst mich noch einen Moment ausruhen – dann gehen wir an die Arbeit."

In den verfallenen Stallungen fanden sie ein paar rostige Spaten. Vorsichtig hoben sie eine junge Birke aus. Das Eisengitter ächzte in den Angeln, als sie das Gut verließen.

Schon von Weitem sahen sie eine unruhige Menge. Die Eskalier waren auf den Beinen, Grüppchen hatten sich gebildet. Die Leute starrten auf die Fremden. Uneins, was sie mit der Situation beginnen sollten. Jemand rief Finja etwas zu.

Elena umschlang die Freundin. „Finja, liebe Finja, wenn du wüsstest, was ich in dieser Nacht gelitten habe!"

„Und ich?", war alles, was Finja herausbrachte.

Sie schob Marleen und Steffi zur Seite, als diese fast gleichzeitig fragten: „Wer sind die?"

Sie ließ die Freundinnen einfach stehen. Es war etwas in ihr zerbrochen. Es tat nicht einmal weh. Je weiter sie ins Dorf kamen, umso mehr Menschen folgten. Sie warteten, dass der Schutzmann eingreifen würde, Finja ausfragte, die Fremden womöglich festnahm.

Finjas Eltern! Vielleicht würden die für Aufklärung sorgen! Sie schlossen erleichtert ihr Kind in die Arme. „Warum bist du bloß auf den Berg gegangen?"
„Weshalb sind alle unterwegs?", wollte Finja irritiert wissen.
„Weil wir Himmel und Hölle in Bewegung gesetzt haben! Weil wir unendliche Angst um unsere verrückte Tochter hatten!"
Finja wusste nichts zu antworten.
„Und die sind wirklich vom Gut?" Die Eltern zeigten mit dem Finger auf die Fremden.
Finja war erstaunt. „Woher wisst ihr?"
„Wir haben das Buch gefunden", meinten die Eltern und fragten, fragten, fragten.
Sie haben nichts verstanden. Überhaupt nichts, dachte Finja.
Der Gutsherr nahm sie am Arm und sagte mahnend: „Kind, versündige dich nicht! Was sollen sie denn von all dem halten?"
Finja sah sich um. Die Eltern gingen dicht hinter ihr. Hielten wohl dadurch die aufgebrachten Dorfbewohner vom Eingreifen ab. Finja fühlte sich hilflos. „Mir ist selbst ganz angst. Aber, es sind doch meine Eltern", sie brach ab. Der Friedhof war erreicht.
„Bitte, bitte, steh uns bei! Was, wenn unsere Vermutung falsch ist?" Hatte sie es nur gedacht?

Als sie den Gottesacker betraten, ging ein Raunen durch die Reihen.

Clemens von Eskalia legte auf dem verwilderten Stückchen Erde die Spaten neben das wartende Bäumchen und die Drei versuchten, Steinbrocken fortzutragen. Sie schleppten mühsam kleinere Bruchstücke, eines nach dem anderen, beiseite. Keine überirdische Faust schlug dazwischen. Aus der verunsicherten Menge lösten sich Männer und fassten mit an. Keiner redete ein unnötiges Wort. Es herrschte atemlose Spannung.

Finja nahm den Spaten. Bevor sie begann, faltete sie die Hände. Sie sah die krampfhaft verschlungenen Hände der Mutter, die ruhig zusammengelegten des Vaters. In ihren Herzen stritten Unglaube und Entsetzen, Sympathie und Furcht.

Ihr Blick fiel auf den Pfarrer. Abwartend stand er dort hinten. Finja dachte an Opa Patzek, und wie damals in der Abschiedsstunde hielt sie stumme Zwiesprache mit ihm.

Fast gleichzeitig stießen drei Spaten in die Erde. Clemens von Eskalia standen Schweißperlen auf der Stirn. Die Arbeit war für seinen geschwächten Körper zu anstrengend. Finjas Vater nahm ihm den Spaten ab. Das Mädchen lächelte dankbar. Schweigend gruben sie ein Loch für den Wurzelballen des Bäumchens. Es tauchten mehr Spaten, immer mehr helfende Hände auf. Ein Stöhnen quoll unter einem versteinerten Wurzelstock hervor. Sie wühlten besessen. Dieses wuchtige Ding musste heraus.

Tuckern war zu hören, kam näher. Ein Bauer knatterte mit seinem Trecker auf den Friedhof. Kurz entschlossen vertäuten sie die Wurzel an der Winde des Fahrzeugs. Nun hieß es ziehen. Ein letzter Ruck und das Erdreich brach auf. Der Brocken löste sich ächzend, riss feuchte Erde an die Oberfäche. Gigantisches Wurzelwerk schleifte hinter dem Trecker her. Aus dem Loch sauste eine lumpige, krumme Gestalt. Die Menge schrie erschrocken auf und drängte zurück. In aller Eile setzte Finja das Bäumchen.

Artur häufelte Erde an. Die Alte stürzte sich grimmig auf ihn. Spinnendürre Finger streckten sich nach ihm aus. Sie kreischte: „Du bist mein! Meine Macht lässt dich nicht los! Sei ein Aves riesengroß!"

Da! Ihre Hände mit der schlaffen Lederhaut krallten sich in Arturs Schultern! Ein Schrei! War es Artur? Finja? Die Alte? Oder die bewegte Menge?

Die Finger lösten sich langsam. Die zappelnde Gestalt der Thecodontia, denn das war sie ohne Frage, diese Gestalt verschwamm, wurde durchscheinend, schemenhaft und verlor sich schließlich im Nebel eines Augenblicks.

Ein Aufatmen ging durch die Gemeinde. Endlich trat der Pfarrer hervor. „Wir wollen danken für die große Gnade dieser Stunde!", rief er mit lauter Stimme. Er schaffte es tatsächlich, die aufgeregten Gemüter zu beruhigen.
Ein langer Zug verließ an diesem Tag lebhaft und fröhlich den Friedhof. Keiner dachte an Arbeit. Man saß zusammen in den Gärten, den Gasthäusern, den Wohnstuben und überall, wo sich sonst Menschen trafen. Man diskutierte und feierte. Der Fluch war ihnen genommen. Man hatte ja geahnt, dass es irgendwann so kommen würde.
Man war sich einig: Es würde wieder Leben auf dem Drachenberg herrschen. Reges Leben!

Ende 1. Buch

So viele Menschen. Ich mittendrin. Einer spielt Flöte, Kinder laufen ihm nach. Finja tanzt mit mir. Mit mir?
Ich fahre erschrocken aus dem Schlaf, sitze verwirrt in den Kissen. Wo bin ich?
Oh je. Wann hatte ich das letzte Mal eine Nacht durchgelesen? Als Kind. Unter dem Deckbett. Mit einer Taschenlampe.
Ich bin in den vergangenen Stunden ein Teil der Handlung geworden. Finja ist mir so nah, wie nie zuvor. Ich spüre sie. Sie lebt!

Das ist unheimlich und beglückend zugleich. Ich betrachte die letzte Seite, die letzten Worte: Man war sich einig: Es würde wieder Leben auf dem Drachenberg herrschen. Reges Leben!

Wie hatte ich es damals gemeint? Finja und Artur ein Paar? In Liebe vereint? So als wäre nichts gewesen?

Ich stopfe mir mein Kissen unter den Kopf, strecke mich aus und spinne den Faden weiter:

Das Gutshaus liegt in Trümmern. Was kommt als Nächstes? Ordnung schaffen. Clemens von Eskalia wird im Herrenhaus einziehen. Einziehen? Er wohnt ja längst dort, hat keine andere Bleibe, als den Berg.

Artur ist mit seinen Gedanken bei Finja. Für ihn gibt es nur sie. Er hat keine weiteren Kontakte. Aber eine Verbindung zwischen ihnen ist unmöglich. Wenn es nach den Behörden geht, existiert er gar nicht. Eher ein Fall für den Psychiater?

Finja, diese verträumte Mädchenfrau, hatte in einer anderen Welt gelebt, hat sich mit dem alten Spinner Patzek abgegeben, ein ewig Gestriger. Und nun ist Finja nur der Eska mit seinen Bewohnern wirklich wichtig.

Finjas Eltern schweigen. Die Mutter weint viel, der Vater ist in sich gekehrt. Beide scheinen etwas zu wissen. Ein Geheimnis?

Finjas Fragen bleiben unbeantwortet, vorerst.
Dass sich die Stimmung im Dorf wandelt, ist bei so viel Eigenbrötelei zu erwarten gewesen. Diese Neuen sind anders. Nicht nur altmodisch, sie sind verschlossen, passen sich nicht an. Sie befriedigen nicht die Neugier. Und das Schlimmste, dieses Anderssein macht Angst.
Ja, so kann es gehen.
Ich erledige das Nötigste, dann mache ich mich an die Arbeit. Greif und Kolk haben ihre menschliche Gestalt, Thecodontia ist tot, der Drachenberg entzaubert und Finja lebt.

Meine Hände huschen über die Tastatur vom Laptop, während meine Finja auf dem Drachenberg ein und aus geht.

\< || \>

*Natur – Gewaltige Stürme

Natur – Gewaltige Stürme
Wolken – Regenschwanger
Brandung – Wellen wie Türme
Ein Mensch auf dem Anger

Der Himmel schleudert Blitze
Spuckt Schwefel Gift und Galle
Der Mensch – Der Schöpfung Spitze
Sitzt in der Falle

Und die Stimme lockt und ruft

1. Der Ring

Die Ernte hatte begonnen. Die Dorfbewohner von Eskalien arbeiteten auf den umliegenden Äckern. Die Sonne brannte.

„In diesem Jahr bringen wir das Korn trocken ein", frohlockten die Bauern.

Es war jeder starke Arm nötig. Die Kinder mussten helfen, nur die Kleinen durften ausgelassen durch die Felder streifen.

Der Ort schien zu schlafen. Fenster und Türen waren verschlossen, um die ärgste Hitze abzuhalten. Die Alten dösten im Schatten oder wagten sich gar nicht erst hinaus.

Der Friedhof ruhte einsam und verlassen. Weder das verwilderte Grab von Willi Patzek, noch die Gedenkstätte mit dem hoch aufgeschossenen Birkenstamm fanden Beachtung. Bisweilen sprach man von den jüngsten Ereignissen um den Eska.

Dann sagten die Dörfler: „Ja, die Zeit ist schnelllebig. Gestern flogen noch die Riesenvögel durch die Lüfte, heute renovieren die plötzlich aufgetauchten Eigentümer. Gestern noch Kind am Rockzipfel von dem alten Sonderling Patzek, und heute stromert Minges Finja täglich in den Wäldern rum."

„Sie sollte arbeiten, wie alle anständigen Mädchen in ihrem Alter", sagte ein Nachbar.

„Aber, sie war immer anders, versponnen."
„Das Dorfleben war nie ihre Welt", meinte ein anderer. „Wen hat sie schon zum Freund. Aber, was geht uns der Drachenberg an."

Seit jener Vollmondnacht, als für den Greif und den Kolk nach vielen Jahrzehnten endlich der Zauber brach, war Finja noch zurückhaltender geworden. Den ehemaligen Freundinnen Elena, Marleen und Steffi ging sie aus dem Weg. Die neugierigen Fragen, das Kichern, das sinnlose Geplapper – unerträglich war es ihr. Sie stieg jeden Tag den sie sich freimachen konnte, durch den Eska hinauf zum Berg.
Finjas Eltern sorgten sich sehr. „Finja ist doch noch ein Kind", sagte die Mutter bedrückt.
Der Vater schüttelte den Kopf: „Sie ist vorzeitig erwachsen geworden. Haben wir nicht längst damit gerechnet?" Er trug eine äußere Ruhe zur Schau. An ihm hatten Mutter und Tochter Halt.
Sie wurden von den Dorfbewohnern ausgegrenzt, je mehr Zeit verstrich. Bei Minges wurde nur noch selten gelacht.

Finja versuchte, ihren Eltern nicht noch mehr Kummer zu bereiten. Aber die Bitte, sich vom Drachenberg fernzuhalten, konnte sie nicht erfüllen. Sie spürte, dass der Berg mit seinen Bewoh-

nern von je her ihr Lebens-Mittelpunkt war – seit damals, als Opa Patzek sie eingeweiht hatte.
Alles war ruhig. Kein Grausen, kein kalter Hauch. Der Zauber hatte seine Macht verloren. Die Trümmer der Zerstörung wurden stückweise geräumt. Der Ausbau des Gutshauses wuchs, auf dem Berg hämmerten, sägten und lärmten die Handwerker.
Trotz der Unruhe erreichte ein Rufen Finjas Ohr. Sie empfand es erst wie ein Säuseln, ein Raunen. Waren es hohe oder tiefe Töne?

Finja schritt hurtig bergan. Sie wollte sehen, ob die Richtekrone im Dachstuhl hängt. Da drang plötzlich dieses Flüstern wieder auf sie ein. Sie blieb stehen, lauschte. „Wer bist Du?", fragte sie und erschrak vor ihrer eigenen Stimme.
„Komm Finja, komm!"
Sie glaubte erstmals, die Worte verstanden zu haben. Finja hielt den Atem an, um eine Richtung auszumachen. „Zeig dich!", rief sie verhalten.
Sie lauschte so konzentriert auf die Stimme, dass sie alles um sich vergaß. Sie ging ein paar Schritte in das Dickicht hinein. Gleich rechter Hand. Doch schon der nächste Ruf ließ sie umkehren. Es kam von links. Sie kämpfte sich durch das sperrige Unterholz. Brombeerranken griffen gierig nach ihr. Spinngewebe verfing sich in ihrem

Haar. Und das Rufen dröhnte unablässig in ihren Ohren. Sie blieb stehen, sah horchend auf.

Irgendetwas stimmt nicht, irgendwas narrte sie. Es rief immer dort, wo sie sich befand. Es ruft in meinem Kopf, überlegte sie. „Kann das die Lösung sein?" Das hatte sie laut gefragt und in die Runde geschaut, als wenn von dort die Antwort kommen müsste.

Wo war sie? Sie schaute jeden Baum, jeden Busch sorgfältig an. Sie prägte sich die hohe Buche ein, der ein Blitz den untersten dicken Ast abgetrennt hatte. Er hing nur lose, gehalten von ein paar Holzfasern, am Stamm. Der nächste Sturm würde ihn herabreißen. Direkt darunter reckten sich einige Birken dem Licht entgegen. Unpassend an diesem Ort.

Finja dachte daran, dass sie vor gar nicht so langer Zeit auf dem Friedhof von Eskalien eine Birke gepflanzt hatten. Dort, wo heute die Gedenkstätte mit der Informationstafel ist.

Diese Birken hier hatten sich selbst ausgesamt, anpassungsfähig und robust. Finja bewegte sich auf die Bäumchen zu, betrachtete die Reiser sehr genau. Wonach suchte sie? Da! Ein fingerdicker Zweig wurde von einem moosigen Reif umschnürt, so gerade, wie die Natur nicht arbeitet. Finja streckte die Hand aus und berührte die Stelle. Vorsichtig rieb sie mit dem Finger darüber.

Der grüne Belag löste sich. Sie erstarrte. Darunter schimmerte es golden! Ein Ring? Wirklich! Ein eingewachsener Ring.

Als Finja den Zweig hin und her bog und abbrach, hörte sie über sich ein Geräusch. Im nächsten Moment schlug der Buchenast mit dumpfem Aufprall in den Waldboden. So nahe, dass sich eines der aufwirbelnden Blätter in Finjas aufgelöstem Zopf verfing. Der Knüppel hätte sie erschlagen können. Hatte sie einen Schutzengel?

Sie lauschte. Wo blieb die Stimme?

Sie sah sich um. Da war ein Pfad! Wieso hatte sie ihn vorhin übersehen? Sie bahnte sich einen Weg durch das Buschwerk. Krampfhaft das Birkengrün haltend. Ihre Finger verbargen die Stelle mit dem Ring. Womöglich würde er ein verräterisches Funkeln aussenden.

In welche Richtung sollte sie laufen? Sie entschied sich, bergauf zu gehen. Schließlich lag das Gutshaus erhöht.

Die Mittagsglut sengte. Vor Finja ragten Felsen auf. Ein Steig schlängelte sich daran entlang. Das Klettern war so beschwerlich, dass sie mit einer Hand Halt suchte. Die Faust um den Ring blieb beharrlich geschlossen. Felsbrocken versperrten ihr den Weg. Sie entdeckte einen Spalt und schlüpfte hindurch. Vor ihr tat sich eine großartige Aussicht auf. Sie hatte den Berg von hinten umrundet. Sie war auf jener, von Kindheit an verbotenen Seite des Drachenbergs entlanggegangen.

Sie hatte hier oben auf Höhe der sagenumwobenen Drachenhöhle noch nie gestanden. Was hatte sie versäumt! So bezaubernd war dieses Fleckchen Erde! Sie kletterte auf einen Stein. Das Dorf lag wie Spielzeug im Sonnenschein. Auf der Landstraße schlängelten sich Fahrzeuge dahin. Der Friedhof, die Kirche, ja sogar das Elternhaus waren zu sehen.

Südlich glitzerten die Teiche im Grub spiegelgleich. Die Steinbrüche nahmen sich winzig aus. Der Bagger in der Sandkuhle war nur ein Punkt.

Es sah aus, als wären Eskalien und der lichtgrüne Lauba dahinter, eine Einheit. Rechts, im Norden, erspähte sie den Tann, der dicht und dunkel in der Sonne lag. Das ist meine Heimat, sagte ihr Verstand.

Ihr Blick fiel auf das Gut unmittelbar unter ihr. Umgeben von stattlichen Eichen mit dunklem Grün. Eine dicke Kastanie, gedrungener, als die in den Himmel ragenden Buchen. Ein paar knorrige, exotische Bäume, ein dicht verzweigter Ginkgo. Der Birkenhain am Nebenhaus und der Garten, den man nur an der verfallenen Umzäunung erkannte, mit seinem niedrigen Bewuchs. Hinter dem Herrenhaus waren Stallungen in der

Form eines U. Sie bildeten zusammen einen großen, fast quadratischen Innenhof. Sie hatte diesen Teil bisher nie betreten dürfen. Einsturzgefahr, das erkannte sie deutlich. Vielleicht war dieser hintere Gebäudekomplex gar nicht zu retten? Abwarten. Der neue Dachstuhl auf dem Haupthaus wird vor Wind und Regen schützen, wird den Innenausbau möglich machen. Das war im Moment das Wichtigste. Die Richtkrone winkte ihr mit den bunten Bändern lustig zu.

Der Abstieg von dieser Stelle war eine Leichtigkeit. Finja wunderte sich über den bequemen Weg, den der Sage nach seit Menschengedenken kein Fuß mehr betreten hatte. Wieso war er nicht längst verwildert? Sie tauchte ein in den schattigen, kühlen Forst. Für ein kurzes Stück war das Gut ihren Blicken entschwunden. Sie lief mit gedämpften Schritten über den weichen Waldboden. Sie hörte das fleißige Werken auf der Baustelle, dann lugten die Mauern durch die Bäume.

Artur sah das Mädchen zuerst. Aufgeregt rief er: „Wo kommst du her? Wo warst du so lange?" Er starrte sie entgeistert an. „Wie siehst du aus?"

Sie blickte an sich herunter. Arme und Beine waren zerkratzt, das Kleid hatte einen Riss.

Artur zog ein welkes Blatt aus ihren Haaren.

„Gib her!" Finja griff danach und steckte es in ihre Rocktasche. „Ich will es aufheben."

Artur strich noch einmal mit der Hand über ihren zerzausten Scheitel. „Dieses Spinngewebe auch?" Er betrachtete sie nachdenklich. „Den abgebrochenen Ast willst du vermutlich einpflanzen und zum Leben erwecken!" Das sagte er, als würde er ihr das zutrauen.
Finja lachte. Da war es, ihr seelisches Gleichgewicht. „Nein", sagte sie, „dieser Ast ist vergoldet."
Nun lachte auch Artur. „Na dann komm. Vater wartet schon. Wir wollen mit den Leuten essen."

Clemens von Eskalia sah die jungen Leute aus dem Schatten der Bäume treten. Er atmete auf. „Ich habe mir Sorgen um dich gemacht", sagte er erleichtert zu dem Mädchen.
„Verzeih, Vater Clemens." Die Anrede kam ihr flüssig über die Lippen. Sie hatte ihn gern. Er war ihr väterlicher Freund geworden. „Ich muss euch nachher was berichten. Ich war auf dem Berg, am Felsen!"
Die Arbeiter verstummten erschrocken. Ihre Gesichter wurden bleich. Einer murmelte: „Das bringt Unheil. Das bringt Unheil!" Schweigend aßen sie ihre mitgebrachte Brotzeit, verstohlene, verängstigte Blicke auf Finja werfend. Die hatte ihr Brotpapier um das verräterische Ende des Zweigleins gewickelt.

Artur kommentierte ihr Tun mit dem leisen Spott: „Sie will den Birkenzweig vor dem Verderben retten. Wie ich Finja kenne, schlägt er bei ihr bald Wurzeln!"
Die Handwerker gingen an ihre Arbeit. Artur und sein Vater blieben. „Du wolltest uns was mitteilen."
„Lasst uns ins Gesindehaus gehen!"
Seit sie wusste, dass in diesem funktionellen Nebenhaus die Bediensteten gewohnt hatten, nannte sie das Gebäude nach seinem Ursprung. Solange das Herrenhaus unbewohnbar sein würde, hatten sich Vater und Sohn hier einquartiert. Es erlaubte das Wohnen auf dem Grundstück und es war inzwischen gemütlich.

2. Finjas Geheimnis

Finja setzte sich an den Tisch in der Mitte des Raumes. Sie wartete, bis die beiden Männer sich niederließen, blickte von einem zum anderen und begann. Von der Stimme, von dem Irrweg, von dem herabgestürzten Buchenast. Schließlich vom Weg über den Berg. Vorbei an den Felsen. Warum verschwieg sie den Ring?
„Finja darf nicht mehr herkommen", sagte der Vater bedächtig. „Sie ist in Gefahr!"
Artur widersprach heftig.

Finja wartete geduldig, dass Vater Clemens weitersprach. Dass er etwas Wichtiges zu sagen hatte, spürte sie. Dieser Moment erinnerte sie an Opa Patzek. Genau so war es, wenn er seine Schilderungen mit langen Pausen unterbrach. Damals hatte sie gedacht: Du gehörst zu der Geschichte, du bist ein Teil von ihr! Nun war Vater Clemens dieser Teil.

„Ich brauche Zeit, mein Kind. Bis dahin ist es besser, du gehst. Achte auf dich. Lass dich von nichts und niemandem locken – meide den Wald hinter dem Berg!"

Finja ging bis zum Waldrand. Dort setzte sie sich auf einen umgestürzten Stamm und träumte in die Ferne. Sie dachte an die vielen Märchen, in denen die Helden dies und das auf keinen Fall tun dürfen; in denen sie nicht auf die Warnung hören und dann … Aber immer gehen diese Märchen gut aus. Nicht immer so, wie die Helden es sich wünschen. Aber so, wie es richtig für sie ist, um zufrieden und glücklich zu leben. Und wenn sie nicht gestorben sind, so leben sie noch heute.

„Das Gute siegt!" Das hatte sie laut ausgesprochen und erschrak, weil es die mittägliche Stille verletzte.

Den Zweig hielt sie wie einen Schatz. In ihrer Tasche raschelte das Blatt. Sie legte es auf die Handfläche.

Was hatte Artur gesagt? „Was du in deine Hände nimmst, erwacht zum Leben."
„Willst du im Wald bleiben?" Finja lächelte bei dem Gedanken, das Blatt könnte sich in der Enge ihres Zimmers unwohl fühlen. Sie pustete und hui, da flog es auf, kollerte über den Waldboden und verschwand im Gebüsch. Finja schüttelte den Kopf. So viel Schwung bei so wenig Puste.

Es hatte sich durch die Arbeiter herumgesprochen, dass Finja verbotene Wege gegangen war. Die Gerüchteküche kochte, das Unerklärliche barg Zündstoff und nahm von Mund zu Mund fantastischere Formen an. Übertrieben und erfunden, getuschelt und gelogen.
Es gesellten sich Varianten dazu. Finjas ehemalige Freundinnen, sie gaben keine Ruhe, heizten die Hetzereien heftig an.
„Mit so einer haben wir unsere Kindheit vergeudet", schimpfte Marleen. „Nun hat sie kein Vertrauen zu uns."
Steffi hätte gern beschwichtigt, aber dass Finja sich beharrlich ausschwieg, war gemein.
„Das schreit nach Rache", war Elenas Kommentar und sie ließ keine Gelegenheit aus, die anderen aufzuwiegeln.
Dass es auf dem Berg angeblich nicht ganz richtig war, hätte den Gutsleuten egal sein können,

wenn nicht der Mangel an helfenden Händen gewesen wäre. Wer traute sich nun noch auf den Drachenberg? Wanderer berichteten von Berggeistern; Pilzsuchern zeigten sie den Weg zu gespenstischen Fundstellen. Verirrte Kinder wurden hinausgeführt aus dem Dunkel des Bergwaldes. Na bitte – das war doch anständig! Nie war jemand zu Schaden gekommen und Finja hoffte inständig, es möge so bleiben. Die Fantasie der Menschen schlug Purzelbäume.

„All die aufgebauschten Geschichten, wer soll sie erlebt haben", fragte Finja. Selten sah sie einen Waldläufer, nie Kinder. Sie sah nicht ein, warum sie sich von so viel Dummheit beeinflussen lassen sollte.

„Es scheinen durchweg gute Geister zu sein. Ich lebe noch!", rief sie empört, als die Eltern mit Nachdruck warnten. Es war das erste Mal, dass in der Familie Minge der Haussegen wirklich schief hing.

„Bitte versteh uns", flehte die Mutter. „Wir haben doch nur dich."

„Du kannst sie nicht festbinden", sagte der Vater. Er legte der Mutter beide Hände auf die Schultern. Lange sah er ihr in die Augen, die sich mit Tränen füllten. „Eigentlich wussten wir damals schon, dass es so kommen würde. Kommen musste ... irgendwann."

„Ich will sie doch nicht verlieren", flüsterte die Mutter.
„Kinder sind nicht unser Eigentum. Sie werden in unsere Obhut gegeben. Lass uns dankbar sein, dass sie uns in einer Stunde des tiefsten Leids anvertraut wurde."
„Nur damit der Berg sie uns nimmt?"
„Das Kind ist anders."
Dieser Satz des Vaters hing Finja nach.
Anders? Das hatte Opa Patzek schon gesagt, damals als über dem Eska die Zaubervögel kreisten. Damals, als sie die Sehnsucht in die Nähe vom alten Patzek trieb und letztlich auch in die Wälder. Sie hatte gemeint, das habe ein Ende, wenn die Rätsel gelöst sind. Sie hatte gehofft, dann würde Friede in ihr Herz ziehen. Warum war sie beseelt von einer Unruhe, die sich wie Fernweh anfühlte? Sie war hier zu Hause, liebte dieses Land, in dem sie jeden Weg kannte. Sie war am Ziel ihrer Wünsche. Was lief verkehrt?
Ach Opa Patzek, wenn ich dich fragen könnte.

3. Die Wetterfahne

Für Finja begann ein Spießrutenlauf. Trotz aller Anfeindungen, aller Warnungen ging sie oft den Weg zum Gutshaus. Die beiden Männer arbeiteten unermüdlich Tag für Tag. Was Jahrzehnte

verfällt, beseitigt sich nicht in ein paar Wochen. Die Freude, wenn eine Ecke im alten Glanz erstrahlte, wechselte mit der niedergeschlagenen Stimmung, der Lage nie Herr zu werden.
Währenddessen suchte Finja in den Trümmern nach Spuren der Vergangenheit. Nichts wurde auf die Schutthalde gebracht, was sie nicht inspiziert hätte. Überbleibsel gewöhnlichen Lebens gab es genug. Das war spannend, aber diese zu untersuchen, lohnte der Mühe nicht. Sie wollte mehr, forschte auf den Spuren der Legende. Opa Patzek hatte seine Erzählung nicht erfunden, davon war sie überzeugt.

Eines Tage fand sie weit hinter dem Hof unter geborstenen Ziegeln, überwachsen von dichtem Farn, eine eiserne, vom Rost zerfressene Tafel.
„Die Zahlen 1, 3, 5 und 2 sind deutlich zu erkennen", sprudelte sie aufgeregt hervor, als sich alle zur Kaffeepause zusammenfanden.
„Die Schriftzeichen sind leider nicht zu entziffern. Es sieht aus wie eine alte Ofenplatte."
Der Vater machte ein zufriedenes Gesicht. „So, so, also ist sie noch da. Wir werden den kümmerlichen Rest unserer ehemaligen Wetterfahne in Ehren halten."
„Eine Wetterfahne?" Finjas Neugier war erwacht.
„Als ich das Haus betrat, damals, na du weißt

schon, in der furchtbaren Nacht, da thronte oben auf dem Giebel eine goldfarbene Kugel."

„Als ich Kind war", schaltete sich Artur ein, „war an der gegenüberliegenden Seite des Hofes ein Taubenturm. Auf seiner Spitze bewegte sich die Fahne und warf geisterhafte Schatten, wenn das Mondlicht draufschien. Wenn der Wind sie heftig drehte, quietschte sie erbärmlich."

„Mir war sie heilig", erklärte der Vater. „Sophie, deine Mutter, hatte sie aus ihrer Heimat mitgebracht. Die Buchstaben bezeichnen den Ort Rungholt."

„Rungholt?" Finja erinnerte sich: „Ich habe in der Schule ein Gedicht gelernt: Gestern bin ich über Rungholt gefahren, die Stadt ging unter vor 600 Jahren ... Das soll die Heimat deiner Mutter sein, Artur? Vor 600 Jahren! Überlege mal."

„Sag du was dazu, Vater." Beide sahen den Vater gespannt an. Der blickte in die Ferne, als stünde die Antwort in den Wipfeln der Bäume.

„Der Ort Rungholt wurde 1362 zerstört", begann er stockend. „Sofie sprach von einer Jahrhundertflut, der Groten Mandränke. Im Laufe der Jahre, im Wechsel der Gezeiten, ging auch Nielandt unter. Das ganze Rungholt-Gebiet versank in der sich aufbäumenden See."

Finja schüttelte erstaunt den Kopf. „Dass du das so genau weißt."

„Ich habe viel mit Sofie darüber gesprochen. Ihre Heimat im stetigen Kampf mit den Fluten. Sie erzählte, dass der Lebensraum durch die gefräßige Nordsee unaufhaltsam schrumpfte. Es war 1825, als Nielandt endgültig vernichtet und alles Leben dort ausgelöscht wurde. Geblieben ist die Hallig Südfall. Ich habe mir deine Mutter von dort geholt. Eine zarte Kindfrau, sanft und scheu, die dem rauen Klima gar nicht gewachsen war." Clemens lächelte. „Der Wind hatte sie in meine Arme getrieben und ich hielt sie fest. Obwohl", er machte eine grüblerische Pause, „das Heimweh drückte sie sehr nieder. Oft hatte ich Angst, sie könnte eines Tages auf nimmer Wiedersehen verschwinden. Was ja letztlich geschah …"
Finja war versucht, zu schweigen. Aber die Fragen drängten. „Vater, bitte. Die Wetterfahne …"
„Ich wagte nicht, Sofie beständig an die betrübliche Vergangenheit ihrer stolzen Ahnen zu erinnern. Sie litt sehr unter der tragischen Entwicklung. Soviel ich weiß, muss es einst zwei Herren auf Rungholt gegeben haben, die gemeinsam für Wohlergehen in der Edomsharde sorgten. Irgendwann steigen jedem Menschen Macht und Reichtum zu Kopf. Die Sippen zerstritten sich und führten Krieg gegeneinander."
„Welche Familien waren das? Vermutlich Mutters Linie und wer noch?", fragte Artur.

„Das hat Sofie nicht ...", Clemens schwieg.

„Du weißt mehr, nicht wahr?" Finja ließ nicht locker.

Aber Clemens wehrte ab: „Es ist alles so lange her. Darüber sprach sie nicht gern. Vielleicht, weil es ein Schandfleck auf der Familienehre war."

„Was hat das Jahr 1352 damit zu tun?" Finja drängte ungeduldig, Clemens möge weitererzählen.

„Lass mich nachdenken. Seit 1347 – glaube ich – hatte zu allem Überfluss die Pest gewütet. Durch die Katastrophen verzweifelt, ohne Hoffnung, dass die gefräßige See sich jemals zufriedengeben würde, entstand eine Art Endzeit-Stimmung. Es wurde in Rungholt ein ausschweifendes Leben geführt, und in ihrer Verblendung, ihrem grenzenlosen Aberglauben, schlossen die Menschen in der Edomsharde mit dem Meeresungeheuer Frieden, um wenigstens vor den Jahrhundertfluten sicher zu sein."

„Ein Ungeheuer?", fragte Finja irritiert.

„Denk an das Gedicht vom Blanken Hans, das schlafende Scheusal. Wie durch ein Wunder ebbte mit dem Dragoyjanischen Frieden auch die Pestwelle ab. 1352 wurde dieses erfolgreiche Abkommen durch eine Hohe Feier und die Weihe der Wetterfahne besiegelt. Vielleicht ein letztes

Relikt aus der Blütezeit. Denn lange hielt der Friede nicht. Zehn Jahre später wurde das Rungholtgebiet, aus welchem Grund auch immer, von einer beispiellosen Sturmflut ausgelöscht."
„Wie mag Mutter an die Fahne gekommen sein?"
„Strandgut? Zurückgekehrt an den Ursprungsort?"
„Angeschwemmt? Kann solch Gewicht wieder auftauchen und von irgendwo an Land gespült werden?" Finja zweifelte.
„Du kennst das Wilde Grausen. Den Naturgewalten traue ich alles zu."
„Es ist widersinnig, sich das Ding auf den Turm zu montieren, wenn es unliebsame Erinnerungen weckt!" Finja begriff die Zusammenhänge nicht.
Und Artur bekräftigte: „Damit hast du Mutter gequält!"
„Sie meinte, wir müssten ständig ermahnt werden, dankbar zu sein. Es sei ein Zeichen gegen das Vergessen, es symbolisiere die Hoffnung. Sie war hier nie wirklich heimisch. Sie war so zerbrechlich, einfach nicht widerstandsfähig. Sie hatte selten einen Wunsch. Sollte ich ihr diesen abschlagen?"
„Demnach ist Mutters Elternhaus auf Südfall, ihre Familie. Meine Großeltern?", fragte Artur.
Der Vater schüttelte den Kopf. „Als sie mit mir kam, war auf der Hallig nur ein Anwesen. Sie ließ

dort niemanden zurück, der ihr nahe stand. Sie hatte auf Südfall keine Angehörigen. Aber – was fragst du. Sie war mir gefolgt. Das genügte mir."
Finja schüttelte verständnislos den Kopf. „Warum habt ihr die Fahne vom Dach genommen?"
„Das war nicht freiwillig, mein Kind. Wie so oft, wütete über Eskalien ein verheerendes Unwetter. Das war in dem Jahr, als Sofie mich verließ."
„Ja. Opa Patzek erzählte davon. Viele Häuser stürzten ein, viele Menschen hatten kein Dach mehr über dem Kopf. Einmal war das Dorf tagelang von der Außenwelt abgeschlossen."
„Siehst du, Finja, heute glaube ich, es war das Wilde Grausen. Die Fahne wurde mit Getöse heruntergerissen und war seither verschwunden. Der Turm stürzte ein. Es blieb die Ruine. Da besteht kein Zweifel, dass du ein Bruchstück aus Sofies Heimat gefunden hast."
„Übrigens", jetzt lächelte Finja, „im Dorf wird noch heute getuschelt, dass ein Feuerball vom Himmel über den Eska geflogen sein soll und dass seither eine goldene Kugel hoch über dem Giebeldach des Herrenhauses prangte. Opa Patzek glaubte ganz fest daran. Obwohl er meinte, dieser spektakuläre Blitz habe sich vor seiner Zeit ereignet."
„Deshalb weigerten sich die Arbeiter, das Geschoss anzufassen", vermutete Artur.

„Da könnt ihr sehen, was die Furcht vor Geistern anrichtet", nickte Clemens. „Die verglühte Kugel liegt nun in der Halle. Ich kenne übrigens das Herrenhaus gar nicht ohne sie."

„Ich würde sie nicht auf meinem Dach haben wollen", flüsterte Finja fröstelnd.

„Auch nicht die verhängnisvolle Wetterfahne", setzte Artur hinzu.

4. Änne Enns

Finja schlug ein zweites Mal den verbotenen Weg über den Berg ein. Sie war unruhig. Ihr Blick tastete den Waldsaum ab. Sie fühlte sich beobachtet. Plötzlich entdeckte sie einen Schatten, der sich zwischen den Bäumen wand. Diese gespenstische Erscheinung winkte: „Komm Finja, komm!"

Behutsam ging sie auf die Gestalt zu, der Abstand verringerte sich nicht. Die Gesten lockten, bis sich der Wald lichtete und die Sicht auf das Land freigab.

Ihr Blick ging über den ausgedehnten Wald hinter dem Berg. Deutlich erkannte sie mittendrin ein Rauchfähnchen. Das war also der Wald, in dem gejagt wurde, der verhext und verboten war. Finja würde gehen, koste es, was es wolle. Sie würde die Behausung dort hinten suchen. Auch auf die

Gefahr hin, dass es das Hexenhaus der Thecodontia war. Hier wurde Schicksal gespielt. Sie musste wissen, von wem.

„Wolltest du mir das zeigen?" Die Frage war müßig. Der Schatten war fort.

Wie oft war Finja inzwischen durch den Zauberwald geirrt. Vom Felsen her sah es so einfach aus. Sie versuchte sich die Himmelsrichtung einzuprägen, den Stand der Sonne. Aber die Bäume mit dem mannshohen Unterholz hielten jeden Sonnenstrahl fern. Es war kühl, feucht und finster.

Bei diesen Streifzügen war der Ring stets in ihrer Faust, als hielte sie sich daran fest. Sie spürte, dass eine Kraft von ihm ausging, die sie nicht einschätzen konnte, die sie beunruhigte, die ihr aber auch Mut gab. Sie konzentrierte sich darauf, was sie tun würde, wenn …

Eines Tages stand sie vor einem flachen Blockhaus. Unscheinbar, wie hingezaubert, schlummerte es in einer niedrigen Baumgruppe. Es schien sich ganz bewusst zu verbergen. Davor ein umzäuntes Gärtchen, ein Sonnenfleck in dieser düsteren Umgebung. Aus einem krautigen Gemüsebeet zog ein alter Mann Zwiebeln. Er hielt kurz inne und wies auf das offene Gatter. Entschlossen trat sie näher, grüßte freundlich. Gerade wollte sie fragen, wer hier wohnt, da begegneten sich ihre Blicke. Sie starrte den Alten an. Es war ihr peinlich, aber sie konnte nicht anders, als sich in diesen Bernsteinaugen zu verlieren. Hatte sie je so etwas Faszinierendes gesehen? Goldene Funken flirrten in der Iris, ein lebendiges Feuerwerk.

Da schnarrte die Stimme des Alten: „Endlich bist du da. Frau Karlotta wartet auf dich."

Sie riss sich von dem Anblick los und ging zögernd an ihm vorbei.

Als sie den unvermutet stilvoll eingerichteten Raum der Hütte betrat, musste sie sich erst einmal an das tanzende Schattenspiel gewöhnen. In das Knistern der Scheite im Kamin klang ein kurzer Gruß: „Du hast lange gebraucht."

„Frau Karlotta?", fragte Finja und setzte verlegen hinzu: „Wohnen Sie schon immer hier?"

„Schon immer. Schon immer! Was heißt das? Was ist Zeit?", kam es brüchig aus der Tiefe der Stube.

„Na ja, kennen Sie die Bewohner des Berges?"

„Die Eskalier? Natürlich. Wer kennt die nicht?"

Karlotta kam Finja mit keiner Silbe entgegen.

„Kannten Sie Sophie?"

„Sophie? Die schöne Friesin vom Clemens? Oh ja!"

„Ich habe eine Wetterfahne gefunden. Von Rungholt."

„Was willst du damit? Sie wird verrostet sein!"
„Von Rungholt!"
„Sagtest du. Ich höre ja nicht schlecht!"
„Bin ich am Ziel?"
„Das fragst du mich?"
„Die Stimme hat mich hergebracht mit ihrem: Komm Finja, komm. Nun bin ich hier und die Stimme schweigt."
„Für ein normales Menschenkind denkst du zu viel! Setz dich."
Finja nahm der Alten gegenüber Platz, beugte sich vor, als könne sie so besser sehen. Ihre Haltung war verkrampft. Die alte Frau ist keine Hexe, da war sie sich sicher. Sie war herb in ihrer Art und ihrer Sprache, aber sie war Finja angenehm und irgendwie vertraut.
„Sie sind Nordländerin. Eine Friesin wie Sophie?"
„Du bist neugierig."
„Der Name Karlotta ..."
„Namen sind Schall und Rauch", ließ sich die Alte zu einer Antwort herab. „Ja, wir waren ein stolzes Volk mit einer langen Tradition. Das Leben im ständigen Kampf mit den Naturgewalten hat uns ehrfürchtig gemacht. Den Namen Enns zu tragen, ist eine Ehre."
Leise sagte Finja: „Sophie war eine Enns. Was verbindet Sie?"

Eine Weile herrschte Schweigen.
Karlotta sagte mit einem Seufzer: „Vielleicht sollte ich dich in unsere Vergangenheit einweihen."
Finja entspannte sich.
Die Alte schien sich zu sammeln. Endlich ertönte ihre ruhige Stimme, als erzähle sie ein Märchen:
„Einst war Rungholt eine blühende Stadt. Fleißige, gottesfürchtige Menschen. Der Sage nach sündig. Was für ein Schnickschnack. Strandraub begingen sie doch alle. Die paar Gestrandeten, nun ja, was sollte man sonst mit ihnen machen? Durchfüttern?"
Karlotta schien langes Reden nicht gewöhnt.
„Als das Unglück geschah, gab es eine überlebende Enns, die Änne, die zufällig in jener Nacht bei ihrem Liebsten war. Keiner kannte den Liebsten. Aber – naja – weil Änne ein Kind der Sünde bekam, wurde sie überall verjagt. Sie soll ins ablaufende Wasser gegangen sein. Kein Mensch hat sie mehr gesehen. Es suchte ohnehin niemand nach ihr.
Dragoyja lebte zu jener Zeit in der … ach, das ist unwichtig. Der Sage nach hat er die Änne verschlungen." Karlotta kicherte.
„Was ist daran komisch", fragte Finja irritiert.
„Nun, man glaubt, was man sieht. Damals hatte die Mordsee alles verschlungen. Tausende von

Menschen, Rungholt und einen großen Teil vom Festland. Wenn du diese alte Sage erfahren willst, da lies es nach. Ich kann dir das nicht alles erzählen. Zumal die Zeit drängt. Auf jeden Fall", jetzt senkte die Alte ihre Stimme, „hatte Ännes Tochter Drachenblut in den Adern."

„Drachenblut? Wer das glaubt! Sowas gibts nicht. Und wenn, dann wäre dieser Dragoyja ihr Liebster gewesen. Eine irrsinnige Vermutung ohne Beweis!"

Karlotta kicherte in sich hinein. „Man weiß, was man weiß."

Finja schüttelte den Kopf. „Das Ereignis ist steinalt! Rungholt, das war vor Jahrhunderten!"

„Menschenleben sind nicht das Maß der Zeit." Das klang wie ein Orakel.

Ein Gedanke beunruhigte Finja. „Vor 600 Jahren soll der Drache hier aus der Höhle verschwunden sein. Die Ureinwohner auch. Wilde, sagte man."

„Du hast einen klaren Verstand. Weißt du, dass Drachen jede beliebige Gestalt annehmen können? Dass Raum und Zeit für sie keine Rolle spielen? Dass sie ein reines Kinderherz und leuchtende Augen haben? Ein Drache begehrt keinen Schutz. Er ist ein Fels in der Brandung. Ein Wanderer zwischen den Welten. Drachen sind das Wunderbarste, was die Erde je gesehen hat." Karlotta versank in andächtigem Schweigen.

Aber Finja war empört. „Wer lässt sich mit einem hässlichen Drachen ein?"
„Ich war nicht dabei. Aber so hässlich kann er nicht gewesen sein. Alle aus der Familie Enns waren Schönheiten. Besonders die Mädchen." Karlotta sah zufrieden auf Finja.
„In Fabeln und Überlieferungen sind Drachen herrschsüchtig und boshaft. Feuerspeiende Menschenfresser."
„Hmm … Siebenköpfig und grün", spottete die Alte. „Mit einem gelben Hahnenkamm. Ich weiß, ich weiß. Wenn ich allein an das Märchen vom Drachenberg denke. Papperlapapp! Alles dummes Zeug. So böse kann er nicht gewesen sein. Schließlich hat er die Jungfrau nicht gefressen."
Finja fühlte sich hin und her gerissen. Manches leuchtete ihr ein. „Vater Clemens meinte, Sofie hätte keine Familie gehabt?", fragte sie endlich.
„Die Sippe ist überschaubar geworden. Auch auf Rungholt lebt man nicht ewig. Aber ich bin voller Hoffnung."
„Ich denke, Sofie war von der Hallig Südfall?"
„Sagte ich das nicht?"
„Nein, Sie sagten Rungholt."
„Unfug!" Die Karlotta atmete schwer.
„Was war mit Sofie?", lenkte Finja ein.
„Clemens hatte sie sich aus dem Norden von einer Seereise mitgebracht. Sie und den Hanno."

„Wer ist Hanno?"

„Du hast ihn begrüßt. Meinen Gärtner. Heinrich. Hier hat man Heinrich aus ihm gemacht."

„Und die Berta?"

„Lieber Himmel, Kind. Ist das ein Verhör? Die Berta war eine Magd, auf dem Drachenberg geboren. Nur eine Frau aus dem Volke."

„Was ist mit Sofie passiert? Ihr hättet sie beschützen müssen!"

„Ja, die Gier und die Macht. Thecodontia konnte auf dem Berg keine Enns dulden. Das Vermächtnis der Änne, die Vertreibung des Drachen – das hatte ihre Macht bereits auf unsichere Füße gestellt. Aber wirklich Angst hatte sie davor, dass sich die Prophezeiung erfüllen könnte. Denn für alles im Leben geht eine Warnung des Schicksals voran. Man braucht Ohren, zu hören. Augen, zu sehen."

„Die Hexe", erinnerte Finja.

„Das war damals nicht anders als heute. Frieden und Liebe sind dem Bösen ein Gräuel. Die Alte hatte jede Generation auf dem Eska ins Unglück gestürzt. Sie schlich ständig durch den Wald, heftete sich an Sophies Fersen. Sie!! Sie hat Sophie auf dem Gewissen."

Trotz der Tragik musste Finja lächeln. „Was für ein Gewissen? Thecodontia kannte sicher nicht einmal das Wort. Wie ist Sophie gestorben?"

„Gestorben? Eines Tages lag sie zu Füßen der Statue, die ein italienischer Bildhauer nach ihrem Ebenbild geschaffen hatte. Lag da, als würde sie schlafen."

Karlotta machte eine Pause, wischte sich über die Augen. „Sofie war so zart, so blass. Neben ihr lag der Kopf der Steinfrau. Unversehrt. Hanno hatte seine Herrin auf Schritt und Tritt bewacht. Er fühlte sich schuldig."

„Wo ist der Kopf?"

Die Alte kicherte wieder. „Ach, will das Fräulein Neunmalklug mich prüfen? Ich weiß, was ich weiß! Die Wälder haben Augen und Ohren. Warum fragst du mich nicht, ob ich die Hexe bin? Oder gar ein Drache?"

Finja hütete sich vor einer schnellen Antwort, sagte stattdessen: „Ich weiß, was ich weiß!"

Das schien der Karlotta zu gefallen. „Hüte den Ring", wechselte sie das Thema. „Hätte Sophie ihn damals besser verwahrt – es wäre alles gut."

Sie senkte die Stimme und murmelte: „Solange du den Schatz besitzt, wirst du hier im Zauberwald unbehelligt ein und aus gehen. Hat er dich vorher je reingelassen, der Wald? Er verweigert sich jedem, der keine Hoffnung trägt."

„Ich dachte, Thecodontia sei der Grund?"

„Ach, die ... Sie war ein urzeitliches Wesen, zu einer Hexe verkommen. Ihre schwindende Macht konnte nur durch den Familienring der Enns aufleben. Aber zum Glück kamst du ihr dazwischen. Achte auf ihn! Hörst du!"

„Habe ich den Ring?", wich Finja aus.

„Unter anderen Bedingungen wärst du nicht hier, sagte ich schon. Du hast ein Recht darauf, ihn zu tragen."

„Ich? Eine Minge?"

„Frag nicht so viel."

„Was ist das für eine Prophezeiung? Wen betrifft sie? Was hat der Ring damit zu tun?"

Karlotta hob missbilligend die Brauen. „Ich sagte, hüte deinen Schatz. Und nun geh. Sie werden dich vermissen."

Finja erhob sich. „Sehen wir uns wieder?"

„Enns sehen sich immer wieder!"

„Ich bin keine Enns!"

Karlotta sah sie lange an. Ihre Augen trafen sich. Keine schlug den Blick nieder, sie hielten einander aus und Finjas Herz klopfte zum Zerspringen.

„Wer sind Sie, Frau Karlotta?"

„Es wundert mich, dass du jetzt erst fragst. Das hättest du gleich tun sollen. Fragst und fragst ... Ich bin ... Arturs Großmutter."

Finja starrte die Frau erschrocken an. War es das, was ihr sofort Vertrauen eingeflößt hatte?

„Ich war zu spät gekommen. Sophie lag vor der Statue. Clemens verzaubert. Artur ein Greif. Ich

zog zum … Naja, ich zog zu Hanno in den Zauberwald. Ich habe mein Leben dafür eingesetzt, um dem, was hier begann, eine Zukunft zu geben. Seither werden wir älter und älter. Geh jetzt endlich. Die Zeit eilt."
„Wo ist der Marmorkopf?", fragte Finja beim Hinausgehen.
„Es schummert. Der Weg ist weit. Leb wohl. Was in meiner Macht steht, will ich zu deinem Schutz tun. Hanno wird dich begleiten."

5. Suche nach den Wurzeln

Da war er, der Diener, der Gärtner. Ach, war sie denn blind gewesen? Nun erkannte Finja ihn sofort. Er war, wie Opa Patzek ihn beschrieben hatte.
Als sie mit Hanno auf der Höhe angekommen war, blieb er vor einem dichten Gestrüpp stehen. Es hatte sich geteilt und bildete ein grünes Dach. Wie oft war sie schon an dieser Stelle vorbeigekommen. Wieso hatte sie diese Lücke und den Eingang zur Höhle nie gesehen? Sie bückte sich unter die Ranken. Ein steiniger Pfad führte hinab. Tiefer und tiefer. Sie sah zurück. Der Eingang leuchtete wie der Punkt am Ende eines Tunnels. Hanno war fort. Trotzdem fühlte sie sich beschützt.

Hier unten war es stockdunkel. Aber eine Heerschar tanzender Glühwürmchen beleuchtete ihren Weg. Finja wollte gern daran glauben. Nur kein Zauber! Bloß das nicht, dachte sie.

Ihr Fuß stockte. Ihr Herzschlag dröhnte in den Ohren. Sie befand sich in einer Grabkammer. Reihen grauer Gedenksteine. Schwer lesbare Inschriften, fremde Zeichen. Endlich erkannte sie im Dämmerlicht einige Namen der Ahnen derer von Eskalia. Vor ihr in der Ahnenreihe ein kleiner schmuckloser Sarkophag. Begräbnisstätte eines Kindes.

Dieses Kind hatte nicht leben können, hatte nur einen Vornamen. Geboren und gestorben am gleichen Tag. Am Tag meiner Geburt, dachte Finja.

Es dauerte, ehe der Name voll in ihr Bewusstsein drang. „Finja", flüsterte sie. Eine Gänsehaut kroch ihr über den Rücken. Was ist das für ein Kind nur mit einem Vornamen? Meinem Vornamen! Sie schauderte.

Daneben ruhte auf einer einfachen Steinplatte – in einer Herzmuschel aus schwarzem Granit – der Marmorkopf der Steinfrau vom Gut. Schneeweiß und glatt, umstrahlt von den schwirrenden Irrlichtern. Schwarz ausgelegte Buchstaben auf der Platte verrieten den Namen Sophie Enns von Eskalia. Geburts- und Sterbedatum fehlten.

Finja beugte sich vor, strich sanft über das zarte, eiskalte Gesicht. Nein! Sie nahm den Kopf nicht. Es wäre Grabraub.

Sie wandte sich ab, ging leise, als könne sie die Totenruhe stören, die verwitterte Treppe hinauf. Oben in der Öffnung zur Höhle stand jetzt Hanno. Er erschien ihr riesengroß im Gegenlicht der blauen Stunde. Er füllte den Eingang aus, ja er verdunkelte ihn. Beim Näherkommen wurde die Erscheinung kleiner und kleiner. Als sie ihn erreichte, war Hanno, wie sie ihn kannte, kaum größer als sie. Sie schaute ihn durch einen Tränenschleier an. Ein schneller Blick an ihm vorbei zeigte ihr die dünne Rauchfahne im Wald. Das wirkte friedlich, sie atmete auf.

Er reichte ihr feierlich einen Gegenstand in weißes Leinen gehüllt und strich ihr sanft übers Gesicht. Behutsam nahm sie den Marmorkopf in Empfang. „Ich muss euch vertrauen Hanno, es bleibt mir gar nichts anderes übrig. Kanntest du Opa Patzek?" Hanno nickte. Jetzt schwammen die Bernsteine in Tränen.

Finja konnte nicht anders. Sie schlang ihren freien Arm um seinen Nacken, ihre Wangen berührten sich. „Mir fehlt er auch so sehr."

Hanno zeigte zum Himmel. Wolken bildeten eine schwefelgelbe Spirale, ein Wirbelsturm kündigte sich an.

„Das wilde Grausen?" Finja dachte an ihre Kindheit. An Opa Patzeks Schilderung des Spätsommertages. Damals:
„Die Sonne verschwand, der Himmel war grau und schwer. Ein Sturm rauschte über Eskalien. Am Ende der aufgewühlten Landschaft erschien ein schweflig leuchtender Streifen. Der Wind war so kalt, dass die Nässe gefror."
Schweigend verabschiedeten sie sich. Behutsam trug sie den Kopf der Statue. Donner grollte. In der Ferne zuckten Blitze. Finja eilte voran.

Artur und Clemens erwarteten sie in großer Unruhe. Finja hielt sich nicht auf. Sie musste zur Steinfrau. Mit Mühe hob sie den Kopf auf das Standbild. Als sie ihn entschlossen in die richtige Richtung drehte, war er im Nu aus einem Stück. Ein schmaler Streifen bildete sich rund um den Hals, ähnlich einer Kette.
Clemens stand mit hängenden Armen. Fassungslos starrte er das Bildnis an. „Sophie", flüsterte er. „Meine Mutter", stieß Artur aufgeregt hervor. „Wie kommst du dazu?"
„Es ist gut, wie es ist", sagte Finja. Sie strich mit leichter Hand über die rote Perle, die sich als Anhänger an dem Narbenband gebildet hatte. Ein Rückstand haftete an ihren Fingern, den sie zerrieb. Die Substanz war zäh. Zäh wie Drachenblut.

Plötzlich tat sich der Himmel auf. Es goss, es schüttete, das Unwetter tobte und wütete.

Finja hatte sich mit Artur unter das vorspringende Dach des Gesindehauses geflüchtet. Beide sahen dem Wetter zu.

„Sag mir, was dich quält", drängte er.

„Nein, ich kann nicht."

„Woher hast du den Kopf?"

„Vom Felsen."

„Woher genau?"

„Aus der Drachenhöhle. Bitte, keine Fragen. Ich ziehe dich da nicht hinein."

Clemens war zu ihnen getreten. „Mein Sohn ist mittendrin", sagte er ernst und an ihn gewandt: „Finja war im Mausoleum!"

„Was sagst du da? Eine Familiengrabstätte?"

„Kommt, lasst uns im Haus darüber reden."

Clemens ging voran. „Setzt euch."

„Du weichst mir aus", meinte Artur.

„Wie lange leben Drachen?" Finjas Frage schwebte im Raum.

Clemens sah erstaunt auf. „Wahrscheinlich sind sie unsterblich."

„Alle Besitzer dieses Gutes kamen seit Menschengedenken auf tragische Art ums Leben. Warum bliebt ihr verschont?", bohrte Finja.

Clemens zögerte, dann gab er sich einen Ruck: „Weil Sofie den Ring besaß."

Artur sah verständnislos von einem zum anderen, während Clemens weitersprach.
„Sie besaß den Familienring der Enns, vererbt von Generation zu Generation. Sie trennte sich nie von ihm, trug ihn allerdings nicht immer am Finger. Eines Tages war der Ring verschwunden, und das Verhängnis nahm seinen Lauf."
Finja lächelte versonnen. „Ein Schutzschild? Warum seid ihr verzaubert worden?"
„Der Ring ist fort. Sofie hatte ihn verloren. Im schlimmsten Fall hat die Hexe ihn gefunden. Du kennst die Geschichte mit dem Bannkreis ihrer Macht."
„Opa Patzek hat davon erzählt. Und die Großmutter ..."
Clemens sah Finja verblüfft an, reagierte aber nicht.
„Wo ist das Wilde Grausen?"
„Das Wilde Grausen musste sich in den Nebeln der Lüfte auflösen. Es ist unausgesetzt da. Überall. Die Macht ist gebrochen. Aber wenn wir die entfesselten Naturgewalten sehen – und schaut dieses Unwetter an – dann können wir sicher sein, dass das Wilde Grausen seine Kraft entfaltet."
„Thecodontia. Ich spüre förmlich, dass sie da ist."
Finja zog fröstelnd die Schultern hoch.
„Nein, ich denke, in dieser Welt ist sie tot. Sie lebt im Land der Sagen und Märchen. Und was

wären Märchen ohne Hexen. Was du spürst, ist das Böse. Es wird stets unter uns sein. Dagegen haben wir einen Trumpf. Wir haben die Liebe."
Finja hatte das unbestimmte Gefühl der Bedrohung. Kälte umwehte, ja umgarnte sie.
Ich habe den Ring, dachte sie und schlüpfte mit dem Ringfinger der linken Hand hinein. In dem Augenblick spürte sie eine Veränderung, einen Widerwillen.
Er gehört dir nicht, raunte eine Stimme. Sie wollte ihn wieder lösen, zog die Hand aus der Jackentasche. Aber er ließ sich nicht einmal mehr drehen.
Gebannt starrte Clemens auf den Ring. Er nahm Finjas Hand. Seine Finger strichen sanft über das blanke Metall. „Sophie!" Er brauchte keine Erklärung, um zu wissen.

6. Abschied

Ein Gerücht verbreitete sich wie ein Lauffeuer. Die Steinfrau war über Nacht lebendig geworden: Sie vergoss Blut. Sie war schöner, als je zuvor. Entweder war sie heilig, oder - verhext. Die Dorfbewohner machten einen Bogen um Finja. „Wer weiß, nachher verzaubert sie einen von uns", raunten sie. Kein Arbeiter fand mehr den Weg auf den Berg.

„Da spukt es!" Das hatten sie natürlich längst gewusst.

Einer hetzte den anderen auf. Der Pöbel rottete sich zusammen, lungerte nachts vor Minges Haus oder belagerte den Eska. Sie forderten Finja, sie sei eine Zauberin.

Die Zeiten der Hexenverfolgung waren seit Jahrhunderten vorbei! Was ging in den Menschen vor? Vater Clemens hatte gesagt: „Das Böse wird beständig unter uns sein." Das war es wohl, was Finja bereits beim Aufstecken des Ringes gespürt hatte. Die Macht der Finsternis schien zu funktionieren – im Gegensatz zur Liebe.

Finja war in Gefahr. So blieb keine Zeit für lange Vorbereitungen. Sie verschwand von einem Tag auf den anderen.

Der Drachenberg war verwaist. Die Fremden schienen sich in Luft aufgelöst zu haben. Misstrauisch äugten die Dörfler zum Himmel. Würden sich Greif und Kolk erneut zeigen? Was wussten Minges? Steckten sie mit den dunklen Mächten unter einer Decke? Kleinliche Angst hielt die Nachbarn vor Tätlichkeiten zurück. Scheue Fragen blieben unbeantwortet. Was sollten Finjas Eltern auch sagen? Die rotgeweinten Augen der Mutter verrieten eine große Not. Des Vaters Miene war versteinert.

Der Brief, den Finja ihnen in aller Eile geschrieben hatte, war vom vielen Falten brüchig. Die Tränenflecken taten ein Übriges, ihn unleserlich zu machen. Aber die Eltern kannten jedes Wort auswendig. Wenn sie sich den Text vorsagten, hörten sie Finjas weiche Stimme:
„Liebe Mutti, lieber Vater!
Wenn ihr diese Zeilen lest, sind wir bei Arturs Großmutter Karlotta. In den Zauberwald kann sich der Pöbel nicht wagen. Genauso wenig wie in die Drachenhöhle. Ich suche nach meinen Wurzeln – ich muss es tun. Der gute Stern, der mich bis zu meinem zwanzigsten Lebensjahr in eurer Obhut geleitet hat, wird mich weiterhin behüten.
Verzeiht, dass ich euch Kummer bereiten muss. Ich bin voller Hoffnung, dass wir uns wiedersehen. Ich umarme euch in Liebe, Finja."

Ende 2. Buch

Jetzt ist mein Konzept aus dem Ruder gelaufen. Finja hat sich selbstständig gemacht. Mir bleibt keine Wahl. Ich muss sie finden. In den Zauberwald? Ohne den Ring ist jeder Versuch sinnlos. Ich muss nach Schleswig-Holstein reisen. Wenigstens für zwei, drei Tage.

Ich erkundige mich nach den Gezeiten, frage in Nordstrand nach einer Unterkunft, buche eine Kutschfahrt nach Südfall und hoffe, dass ich die Freundin von Lasse antreffe.
Wie hieß sie gleich? Mareike.

Die Stunden im Zug vertreibe ich mir im Internet, schaue mir Bilder vom Marschland an, laufe auf der Landkarte Wege ab, die ich gehen will. Suche nach Sehenswertem, das mich in der Recherche weiterbringt. Frage nach dem Wahrheitsgehalt, stelle fest, dass im Netz viel geflunkert wird, lasse anonyme Seiten links liegen. So bleibt es meinem Scharfsinn überlassen, was ich hinnehme und was ich hinterfrage.
Ich klicke mich durch zauberhafte Luftaufnahmen. Wie schön ist unsere Welt. Einsam und verloren schwimmen die Inseln wie geheimnisvolle grüne Augen im Meer – hingetupft mit leichter Hand. Lieber Gott, das macht dir keiner nach.
Ich war schon im Meeresmuseum in Büsum. Eine Abteilung war ganz und gar dem untergegangenen Rungholtgebiet gewidmet. Ich will mehr wissen, entdecke ein Museum in Pellworm, bin beeindruckt. Sich dort auf das erarbeitete Wissen und die Rückschlüsse eines Forschers einzulassen, wäre mein Traum.

< III >

*Wasser

Denke ich an jene Quelle
Die so winzig rann am Berg
Und an jene Wasserfälle
Vor dem großen Hammerwerk

An das Bächlein mit Forellen
Und den Weiden beiderseits
An die Strudel – jene Schnellen
Und des Wassertretens Reiz

Kann ich dieses Bild nicht fassen
Dieses Flussbett – und das Meer
Kommen diese Wassermassen
Wirklich von der Quelle her

Wie viel Quellen, wie viel Bäche
Tropfenweise eingezwängt
Was für eine Wasserfläche
Sich zum Meer hindrängt

Und das Ende ist der Anfang

1. Rungholt

Über Rungholt steht viel im Internet. Erforschtes, Überliefertes. Erst seit 80 Jahren, als das Meer Umrisse von Warften und Brunnen sichtbar werden ließ, begann die Enträtselung eines Mythos. Heute scheint die Existenz Rungholts bewiesen. Niemals werden alle Rätsel gelöst.

Es mutet seltsam an, dass zu dem Zeitpunkt, als der Drache auf dem Eska verschwand, das Rungholtgebiet in der Nordsee unterging.

Interessiert lese ich die Rungholt-Sage. Reiche Kaufleute – ihre Koggen trugen vornehmlich Salz und Vieh über das Meer. Hier trafen sich Seefahrer – Händler, Piraten – Völker aller Herren Länder. Es war ein buntes Treiben. Aber Reichtum schafft Übermut. Daran hat sich bis heute nichts geändert.

Eine frevelhafte Tat brachte das Fass zum Überlaufen. Es kommt, wie es bereits in Sodom und Gomorra war. Dort regnete es Feuer und Schwefel vom Himmel. In Rungholt wütete die Jahrhundertflut. In beiden Fällen kam niemand mit dem Leben davon.

Niemand? In Sodom war es Lot, der im Traum gewarnt wurde, in Rungholt der Pfarrer. Lot und seine Töchter konnten fliehen. Der alte Pfarrer brachte sich rechtzeitig in Sicherheit.

Ein paar Gerechte müssen sein.
Ich kenne Rungholt nun in verschiedenen Versionen. In einer finde ich einen Hinweis auf zwei Mädchen, die überlebten. Sie waren auf einer entfernten Kirchweih gewesen. Alle beide?
Karlotta hatte von ihrer Ahnfrau Änne Enns erzählt, die in jener Nacht bei ihrem Liebsten war. Ich werde auf Südfall nach dem zweiten Mädchen fragen. Bestimmt kennt Mareike die Sage.

Hamburg Altona. Ich muss umsteigen. Auch das noch – der Zug hat Verspätung. Was fange ich mit den zwei Stunden an? Einen Kaffee, ein Stück Arme-Leute-Kuchen, eine gemütliche Ecke im Bistro. Dort surfe ich mich durch die Nordsee.
Der Lyriker Detlev von Liliencron ist für meine Aufzeichnung unerheblich, aber seine Ballade machte mich erst auf die Zusammenhänge aufmerksam. Meine Niederschrift ist seinen Versen zu danken.
1844 in Kiel geboren, im Jahre 1909 in Hamburg gestorben, war er 1882 für kurze Zeit Hardesvogt auf der Insel Pellworm. Hier sollen seine Nordseeküsten-Novellen angesiedelt sein. Ich will die Ballade „Trutz, Blanke Hans" in Gänze lesen. Ich habe lediglich folgenden Inhalt in Erinnerung:
Ein schlafendes Ungeheuer atmet im Sechs-Stunden-Takt tief auf dem Grunde des Meeres ein

und aus. Aber alle hundert Jahre peitscht es erwachend die Wellen.
Ich lese und denke an Dragoyja.
In der Ballade lehnt sich das Scheusal gegen das ausschweifende Leben auf: ›Da kommen rauschende, schwarze Wogen, langmähnig wie rasende Rosse geflogen.‹ Was für ein Bild.
›Ein einziger Schrei – die Stadt ist versunken, und Hunderttausende sind ertrunken. Heut bin ich über Rungholt gefahren, die Stadt ging unter vor sechshundert Jahren. Trutz, Blanke Hans.‹ _{Zitate}

Das muss die Geburtsstunde des Mythos Rungholt gewesen sein, denn die wortgewaltigen Strophen machten die Stadt weit über die Nordseeküste hinaus berühmt. Trotz Pathos. Die Zahl der Toten übertrieben. Eher wenige Tausend. Ein Klick ins weltweite Netz zeigt mir, dass selbst Hamburg um 1300 allenfalls fünftausend Einwohner hatte.

2. Die Halligen

Inselhopping, schmunzle ich und schaue mir die nordfriesische Küstenlandschaft an. Die alten Grafiken sind faszinierend, teils schwer lesbar. Ein bisschen wehmütig denke ich über die Naturgewalten nach, denen der Mensch sich entgegen-

stellt. Stolze Erfolge und herbe Niederlagen im Ringen mit dem Meer.
Der Küste vorgelagert sind die Inseln und Halligen von großer Bedeutung, lese ich. Halligen haben im Gegensatz zu den Inseln keine Deiche, hatte Lasse mir erklärt. Recht einsam muten die Gehöfte auf den Warften an.
Herrlich diese Luftbilder zu betrachten. Ich klicke mich durch eine bunte Serie. Bin von den Inseln ganz abgekommen und in das Reich der Halligen, ins Wattenmeer mit seiner bizarren Welt eingetaucht. Das berührt mich unheimlich.
Wundert mich nicht, dass hier ein besonderer Menschenschlag lebt. Naturverbunden und bodenständig kämpft er einen manchmal aussichtslos scheinenden Kampf: Trutz, Blanke Hans.
Ich mache mir Notizen. Zuviel Info auf einmal, um es mir zu merken.

Auf Hallig Hooge war ich als Kind, wenige Stunden. Aber ich hatte von keinem Punkt, den die Kutsche dort anfuhr, das Gefühl, vom Meer eingeschlossen zu sein. Das hatte ich mir anders vorstellt. Oben auf der Warft stehen und in allen vier Winden wogt das Meer. Ich bezweifelte damals, dass es wirklich eine Hallig ist.
Ich schaue mir auf einer Grafik Rungholt an. Das versunkene Gebiet ist schraffiert und das heutige

Naturschutzgebiet ist weiß. Biosphärenreservat – dieser Ausdruck ist mir unbekannt, ich lese mich fest.

Beinahe hätte ich meinen Zug verpasst. Ich eile zum Bahnsteig, einmal quer durch das Gebäude. Als ich im Zug sitze, bin in völlig aus der Puste. Das war knapp.
Ziemlich voll – aber ich habe einen Platz in Fahrtrichtung am Fenster ergattert und schaue hinaus. Hamburg haben wir hinter uns gelassen. Die Privatbahn gleitet an grünen Wiesen und Viehweiden vorbei. Die Schleswig-Holsteinische Landschaft ist anders, als bei mir daheim. In dem ebenen Grünland, mit seinen verstreuten Gehöften und dem Vieh auf den Weiden, verliert sich mein Blick. Hier müsste ich lange nach einem Zauberwald suchen.
Der Zug hält alle naselang. Die Fahrgäste drängen sich mit ihren Rucksäcken und Taschen in den Gang. Ich bin froh, dass ich einen Sitzplatz habe.
Ich muss aufpassen, ein letztes Mal umsteigen. Zum Lesen habe ich nun keine Muße mehr, dauernd neue Eindrücke, ich sauge die Schönheiten auf. Ich muss es speichern, für lange Schreibphasen, für schlaflose Nächte. Dann werde ich darin spazieren gehen und mich niemals langweilen.

Ich bin wieder in Nordstrand. Im Halligkroog lade ich meine Sachen ab, will noch etwas bummeln. Ich schlendere durch die Straßen, schmökere in einem Buchladen, kaufe natürlich allerlei. Theodor Storms Halligfahrt. Eine Nationalpark-Wattenmeer-Karte und zu meiner Freude etwas über Südfall und den geschichtsträchtigen Meeresboden, der manchmal für Stunden sensationelle Schätze freigibt.

Nun lese ich, dass die Hallig nur 620 Meter breit und doppelt so lang ist. Dort lebt also auf der einzigen Warft Mareike, von der Lasse sprach; mein Ziel dieser Reise. Hier etwa befand sich im Mittelalter die angeblich ach so reiche Hafenstadt Rungholt.

Ich suche auf der Karte den südlichen Fallgraben. Heute Abend schaue ich mir im Internet eine Vergrößerung oder ein Luftbild von Südfall an. Priele mit dem Namen Hever habe ich gefunden.

Wiederholt stoße ich auf die Worte Küstenschutz. Sieh an, zum Naturschutzgebiet war dieses Fleckchen Erde bereits 1959 erklärt. Das war ein wegweisender Schritt, und diesen Schutz haben die Nordfriesen zu ihrer eigenen Sache gemacht. Mit Recht. Für sie sind Erhalt und Pflege, Deichbau und Befestigung Zukunftssicherung. Für sie und die Generationen nach ihnen.

Stolz sagen sie von ihrem Land, dass es diese Marschinseln, die selten einen Sommerdeich haben, dafür Erdhügel, die Warften – nur hier, nur in Nordfriesland gibt.

In der Gaststube sitzen am Abend wieder ein paar Einheimische und spinnen ihr Seemannsgarn. Ich esse meine Krabben mit den Fingern. So schmecken sie am besten. Ich habe keine Eile, ins Bett zu kommen. Der Wattwagen startet nicht vor dem Aufstehen; wenn er überhaupt fahren kann, bei dem wechselhaften Wetter.

„Viel zu kalt für die Jahreszeit", meckert der Hagere.

„Hauptsache kein Sturm. Der Hansen will morgen nach Südfall. Ware hinbringen – und die Stadt-Lady da." Der Seebär zeigt auf mich. Ich lächle verbindlich und esse möglichst unbeteiligt weiter.

„Wenn uns die Mareike nur nicht wegschwimmt", unkt der Hagere.

Der Bärtige widerspricht: „Nee, nee. Die ist von Südfall nicht wegzudenken. Hat sie die Winter überstanden, kommt sie mit dem bisschen Regen auch klar."

„Hoffentlich sind wir mit der Schafskälte bald durch", schaltet sich der mit Doktor angesprochene ein.

„Sag mal, die Mareike war noch nie krank, nee?"

„Nicht dass ich wüsste. So 'ne Meerjungfrau kann was vertragen. Die ist abgehärtet."

Bei dem Wort Meerjungfrau bleibt mir der Bissen im Hals stecken. Ich horche auf.

„Vielleicht hat sie die letzte Flut längst weggeschwemmt." Der Doktor schielt zu mir herüber. Die anderen lachen.

Die Männer treiben ihren Spott mit mir. Hatten sie bemerkt, dass ich einen Moment erschrocken war?

Wenn die wüssten – ich denke an Finja. Ich denke überhaupt an nichts anderes mehr. Verdammt.

„Ich finde, sie wird immer jünger." Die alte Riege übertreibt schamlos.

„Unsere Hallig-Deern hat das ewige Leben gepachtet."

„Damit solltet ihr nicht spaßen", schaltet sich der Doktor ein. „Denkt an unsere Hallig-Gräfin, Gott hab sie selig, mit ihrem biblischen Alter. An der war nichts zu verdienen. Alles solche Patienten, und ich würde verhungern."

So sehen Sie nicht aus, hätte ich gern gesagt. Ich halte mich zurück. Das geht mich nichts an.

„Ich sage euch, Südfall ist ein Jungborn!", der Doktor muss es ja wissen.

„Lass mal, wenn wir die Gräfin nicht für einige Jahrzehnte auf Südfall gehabt hätten, wäre die Hallig schon verschwunden. Wie Grote und Lütke Rungholt oder Niedam. Die Dame hatte vor nix Angst. Nicht vor den Fluten und schon gar nicht vor den Behörden. Für ne Frau hat die erstaunlich was geleistet."

„Sag ich doch. Dass da draußen andere Gesetze herrschen, wird unsere kleine Lady morgen zu spüren kriegen", und direkt an mich gewandt: „Geht doch an, oder?"

Bevor ich hier in ein Gespräch hineingezogen werde, dem ich nicht gewachsen bin, wünsche ich lieber eine gute Nacht und ziehe mich auf mein Zimmer zurück.

3. Eine Nacht auf Südfall

Ich liege im Bett und lausche der Melodie des Regens. Das kann ja heiter werden. Na, hoffentlich wird es heiter.

Im Frühstücksraum ist die Stimmung grau wie das Wetter. Aber der Wirt versichert, dass es sich aufklart. Allerdings wird das Wasser nicht ganz ablaufen. Ich hake nach, habe gelernt, aufzupassen. Die Landratten haben es schwer mit dem friesischen Humor. Die Voraussage scheint zu stimmen. Aber der Regen lässt nach, die Kutsche wird fahren.

Was für ein Glück. Ich komme in Fuhlehörn an und es ist nur noch leicht verhangen. Ich sehe erwartungsvoll zu, wie der Kutschwagenführer anschirrt. Ein Zweispänner. Kräftige Tiere vor einem hochbeinigen Wattwagen. Proviant und ein paar Werkzeuge für die Hallig. Ich bin der einzige Fahrgast. Ich klettere etwas unsicher die Leiter hinauf und sitze endlich vorn neben Hansen auf dem Bock. Gemächlich ziehen die Pferde an. Vom Festland hinaus in den Nationalpark Wattenmeer.

Gut, dass ich nicht laufen muss. Der Wind zaust uns, nimmt mir den Atem und fetzt die wenigen Worte von den Lippen. Heute ist der Sturm unser Verbündeter. Hansen meint, ohne den Wolkenschieber hätten wir nicht fahren können. Hansen kennt sich aus, war in jungen Jahren zur See gefahren, hatte einen großen Pott unterm Hintern. Später war er Lotse. Ihm macht so schnell keiner was vor.

„Nun bin ich auf Grund gelaufen", sagt er bedeutungsvoll und zeigt mit einer weit ausladenden Bewegung über den Meeresboden. Wir rumpeln vorbei an Muschelbänken, weiß leuchtend und braunschwarz. Rinnsale schlängeln sich durch den wellengeformten Sand. Möwen kreischen. Ihr Tisch ist reich gedeckt.

Dunkle Streifen am Horizont, einer Fata Morgana gleich. Die Inseln. Endlich! Südfall … eine einsame Schönheit.

Mein Herz klopft wild, als ich mit steifen Beinen die Leiter hinabsteige. Ich habe das Gefühl, heiligen Boden zu betreten. Wir wechseln ein kurzes „Danke" und „Daför nich."
Mareike nimmt uns in ihrer grünen Gummijacke in Empfang. Sie ist einzige Bewohnerin der Hallig, die Vogelwartin. Für den Naturschutz, für den Küstenschutz, fürs Haus, für alles hier verantwortlich. Sommersprossig und relativ blass hatte ich mir besagte Meerjungfrau nicht vorgestellt. Das rote Haar umweht ihren Kopf ungebändigt. Finja trüge es in Zöpfen, denke ich.
Mareike ist kein Fähnchen im Wind. Kräftig packt sie mit an. Wir laden die Fracht ab, laden auf, was Mareike bereitgestellt hat. Nach einer knappen Stunde ist mein Aufenthalt vorbei, weil uns sonst die Flut einholt.
Überraschend sagt Mareike: „Willst du bleiben? Er kann dich morgen abholen. Du hast bestimmt viele Fragen."
„Wenn das geht?"
„Ja, er muss mir Material bringen. Dann nimmt er dich mit zurück."
Sie ist mir auf Anhieb wie eine Schwester, wie mein zweites Ich.
Und so vertraut geht sie mit mir um. Wir durchstreifen die Wiesen auf unscheinbaren Pfaden. Ständig entdeckt und zeigt sie etwas. Gräben bil-

den sumpfigen Grund. Mareike warnt: „Nicht vom Weg ab!" In der Ferne wogt das aufgelaufende Wasser. Es hat sich sein Bett zurückerobert, wie es seine Bestimmung ist.
„Wo sind die Schäfchen?".
„Die Salzwiesen werden nicht beweidet", erklärt Mareike. „Die zahllosen Salzpflanzen können sich ungehindert ausbreiten." Sie kennt sie alle mit Namen. „Schau, dort die Strandaster, der Beifuß. Drüben zum Steg wächst die Grasnelke. Auch Strandflieder findest du da."
Sie weiß, wo man gehen darf. Wo Gelege sind, welche Vogelarten ihre Brut aufziehen, woher sie stammen, wohin sie fliegen.
„Ich beobachte und zähle. Ich habe fünf Arten Möwen und zehn andere Arten Brutvögel registriert. Austernfischer, Rotschenkel, ich zeige dir die Datei. Ich bin Biologin. Ich wollte eigentlich hierüber meine Doktorarbeit schreiben."
„Eigentlich?"
Mareike zögert, bevor sie sagt: „Ich werds wohl nicht tun."
„Warum nicht?"
„Ich warte. Ja ich warte noch." Wieder ihr Zögern.
„Wärst du für die Hallig dann überqualifiziert?"
Könnte ja sein, dass sie mit einem Titel von ihrem Arbeitgeber andere Aufgaben bekäme. Ein

Ortswechsel ist ihr sicher nicht recht. Aber wer weiß, was sie wirklich hält. Eine Liebe? Kann ich mir nicht vorstellen. Hier ist weit und breit niemand. Oder eine Enttäuschung, die auskuriert werden muss?
„Ich fühle mich auf Südfall fast wie zu Hause", beantwortet sie meine stummen Fragen. „Es ist so zauberhaft in der Einsamkeit. Die umfangreiche Recherche, die Schreiberei, die eine Dissertation erfordert, würde mich nur vom Leben mitten im Meer entfernen."
Ich sage lieber nichts dazu. „Wollen wir etwas laufen", frage ich, um abzulenken und mit ihr diesem wogenden Auf und Ab näher zu sein.
„Nein." Mareike schüttelt den Kopf. „Wir ruhen uns etwas aus. Einen Happen essen. Nachher zeige ich dir etwas, das deine Sichtweise verändern wird."
„Wann nachher?"
„In der blauen Stunde, wenn das Watt trocken fällt."

Wir sitzen auf der Bank vor dem Haus und beobachten, wie der Tag sich langsam zur Ruhe begibt. Ein glühender Sonnenball berührt den Horizont, lässt sich in ein orangerotes Meer gleiten. Der heftige Wind hat sich gelegt und singt leise eine eintönige Melodie. Letzte Möwen keh-

ren kreischend von der Futtersuche heim. Ihr Flügelschlag trägt mich empor in eine schwerelose Unendlichkeit. „Ich könnte mich jetzt ins Meer stürzen, ich möchte da draußen sein, irgendwo da draußen", flüstere ich.
„Um Gottes willen!" Mareike ist voller Abwehr. „Das möchtest du hoffentlich nicht wirklich!"
Als hätte Petrus den Lichtschalter ausgeknipst, so plötzlich hüllt uns die Dämmerung mit tiefer Bläue ein, hebt Konturen hervor und formt gespenstische Schatten. Ich sehe es huschen, höre ein Rauschen über mir, schaue um mich. Mein Herz rast. Ich wage keinen Laut.
„Siehst du den dunklen Punkt?" Mareike zeigt flüsternd die Richtung. „Er bewegt sich auf uns zu. Siehst du?"
Ich kann nicht erkennen, was sie meint.
„Jetzt schäumt vor der Schleuse das Wasser. Ich war mal im Watt – ganz nah."
„Was weißt du darüber?" Auch ich habe meine Stimme gesenkt.
„Zuerst hatte man nur Holzbalken vermutet, später erkannte man, dass es sich um ein Bauwerk, ein Kammersiel handelt. Inzwischen wurde es vermessen und datiert, Teile ausgegraben. Unter uns liegt Rungholt."
Rungholt … Das Wort nimmt mir den Atem. Ich war in Pellworm, hatte mich im Museum ausgie-

big informiert. Dort war ich fasziniert. Aber hier auf Südfall bin ich ein Teil der Geschichte. Warum ich?

Mareike stößt mich an. „Behalte die Stelle im Auge. Siehst du was?"

„Ja, Tiere. Vögel im Watt. Wo kommen die her?"

„Es sind längst ausgestorbene Arten. Dort die Dronte ... von der Schwaneninsel. Daneben der Elefantenvogel. Sieh die imposante Größe. Der Mao, schau, der aussieht wie ein Strauß. Laufvögel, flugunfähig. Vielleicht mussten sie deshalb aussterben."

Ich bin froh, dass ich mal ein Tier kenne. „Den Kranich gibt es aber noch", sage ich mit gedämpfter Stimme.

Mareike berichtigt mich: „Sieht nur so aus. Es ist ein Terrorvogel, kann übrigens auch nicht fliegen. Aber da fliegt jetzt eine Kanarenwachtel auf."

„Hat was vom Fasan, oder?"

Mareike nickt. „Schade", sie hebt bedauernd die Schultern. „Ich hätte dir gern den Haastadler gezeigt, der größte Greifvogel der Neuzeit."

„Dokumentierst du die alle in deiner Datei?"

„Um nichts in der Welt – nein! Das ist mein Geheimnis."

„Und mich weihst du ein?"

„Ich wusste sofort, dass du es bist, der ich das zeigen muss. Zeigen und weitergeben."

Ich will nachfragen, aber sie legt den Finger auf ihre Lippen: „Pst. Schau!"
Und da sehe ich ihn. Er hebt sich ab in den stahlblauen Himmel. Mit mächtigen Schwingen. Der Haastadler. Ich erkenne ihn sofort.
Ein Greif, wie er im Buche steht. In meinem Buch! Ach könnt ich doch fliegen, nur ein einziges Mal. Ehrfürchtig starre ich ihm nach. Obwohl das Schauspiel für Mareike nichts Neues ist, blickt sie genauso andächtig in die Nacht.
Mein Sehnen hat mit ihm zu tun. Ich bin mir sicher. Ich fühle die Nähe meiner Finja wie eine Berührung. Sie bedrängt mich. Ich werde mich um sie kümmern müssen.
„Hast du eine Erklärung dafür?", flüstere ich.
„Ich habe mal eine junge Frau hier getroffen. Sie hockte auf einem Stein, ganz selbstverständlich, als gehöre sie hierher. Ich kenne ihr Woher nicht, aber ich sah ihr Wohin. Sie ging einfach in das ablaufende Wasser. Quer über die freigelegten Kulturspuren Rungholts durch das Watt. Auf dem Weg Richtung Siel drehte sie sich um. Sie winkte. Ja und dann … Ich frage nie. Ich nehme das, was ich sehe und spüre, wie ein Geschenk. Es wird richtig sein, wie es ist."
„Die Frau. Rede von ihr."
„Sie erzählte, dass sie vor vielen Jahren von hier nach Eskalien geheiratet habe."

„Eskalien? Woher kennst du den Namen?"
„Sagte ich doch. Von ihr. Sie gab der Hoffnung Ausdruck, dass sie einst ihre Lieben wiedersehen würde. Es war etwa zu dieser Stunde, da sprachen wir darüber, dass die Schleuse zu Rungholt gehört."
„Aber Rungholt gibt es nicht mehr!"
„Nicht? Rungholt ist untergegangen, das ist alles. Bliebe das Wasser fort, könntest du in der Stadt herumspazieren. Eventuell musst du sie vorher ausbuddeln." Mareike lacht. „Glücklicherweise gibt es Wächter. Buddeln verboten. In jener Welt sollen all die Wesen unbehelligt leben, von denen niemand mehr etwas weiß. Zum Beispiel die ausgestorbenen Tiere, die Vögel, die wir sahen."
„Glaubst du das wirklich?"
„Warum nicht? Solange es die Hallig Südfall gibt, wird der Zugang zwischen den Welten, und damit zur sagenhaften Stadt Rungholt, frei sein. Dafür bin ich Halligwart, wache und lebe hier. Was danach geschieht, weiß ich nicht."
„Und Drachen?" Das frage ich so vorsichtig, als könnte ich mich lächerlich machen. „Glaubst du an sie?"
„Schau doch hin. Du siehst sie selbst. Da! Der Dragoyja. Manchmal wünsche ich mir, ich könnte schreiben. Möchte die Menschen wachrütteln, die nichts hören und sehen."

„Aber wenn die Welt davon weiß, kommen die Leute in Scharen und zerstören das Reich."

Mareike schnauft verächtlich. „Hast du eine Ahnung! Die Menschen sind dumm. Sie würden meine Fantasie rühmen, oder auch nicht. Aber sie würden die Erscheinungen mit einem Achselzucken abtun."

„Und wenn einer kommt, der ..."

„Ich hatte mal einen Gast, der war durchs Watt gelaufen und schaffte den Weg nicht mehr rechtzeitig nach Nordstrand. Markus war Reporter und ein verkappter Forscher. Einer der seine Nase überall reinsteckt. Ziemlich unheimlich. Ein Schönling, der sich an meine Fersen heftete. Mein wundervolles Haar sei bezaubernd, und was so eine schöne Irin auf einer einsamen Insel macht und solch Schmus."

„Du bist aus Irland?"

„Nicht dass ich wüsste. Aber hier mögen vor Zeiten viele Völker mitgemischt haben." Grinsend setzt sie hinzu: „Vielleicht bin ich Wikinger!"

Sie zieht die Jacke enger um die Schultern.

„Wikinger frieren nicht", gehe ich auf ihren Ton ein.

Wir erheben uns. Der Wind war heftig und kalt geworden. Mit dem Schließen der Tür sperren wir ihn aus. Im ersten Moment habe ich den Eindruck absoluter Stille, bevor ich wahrnehme, wie es ums Haus heult. Mareike brüht Tee auf. Die ganze Stube duftet. Die Wärme rieselt in meinen Bauch, und in eine Decke gehüllt gebe ich mich der Geborgenheit hin.

„Was verbindet uns Mareike? Wieso bist du mir so vertraut?"

Sie schüttelt den Kopf. „Seltsam, dass Menschen in der Zivilisation ihren Spürsinn verlieren. Dass sie fragen, wo die Antworten längst gegeben sind."

Statt nachzuhaken, bitte ich sie, von Markus zu erzählen.

„Ich habe keine Angst, schließlich bin ich kräftig gebaut. Aber ich überlegte ernsthaft, wie ich ihn mir in den Stunden, die er zwangsläufig hier verbringen musste, vom Leibe halte. Es war dann ganz einfach. Er stand am Fenster und sah hinaus. Er warf mit Komplimenten um sich, wollte mir die Sterne vom Himmel holen. Plötzlich hatte er mich vergessen. Er kramte wie angestochen in seinem Rucksack und raste, mit seinem Fotoapparat bewaffnet, hinaus.

Herrje, nicht die Tiere, jammerte ich. Wenn er die fotografiert! Warum waren sie überhaupt da? Sie kommen nie bei Flut. Markus hat die Vögel förmlich gejagt mit seiner Kamera. Er flippte aus, ist ins Wasser, hinterher, möglichst dicht, am liebsten anfassen. Beinahe wäre er ertrunken und in

dem Moment wünschte ich es mir sogar." In Mareikes Stimme bebt der Zorn. „Die ganze Nacht trieb er sich rum. Gut für mich. Ich wollte, dass er die Filme rausrückt. Habe meinen Charme spielen lassen. Aber damit ist's nicht weit her bei mir. Er hatte nur Sinn für das dicke Geld, das er mit diesen Bildern zu scheffeln gedachte. Er hat das Erlebnis an die große Glocke gehängt, mit der entsprechenden Story. Zentauren habe er entdeckt! Auf den durchgängig blaugrauen Bildern waren mit Mühe Wellen, Gischt und Himmel zu erkennen. Die Schleuse, die bei Flut gar nicht sichtbar ist, muss seiner Fantasie entsprungen sein. Sie war nicht mit dem identisch, was ich kenne."
„Hast du schon mal Zentauren gesehen?"
„Nein. Fantasiegebilde gehören mit Sicherheit ins Land der Sagen und Märchen."
„Und? Erschien ein Forscherteam?"
„Ach bewahre! Da seine Reaktion ziemlich hysterisch war und auf einen gestörten Geisteszustand hinwies, wurde er in eine Klinik eingewiesen und bekam keine Aufträge mehr. Er ist endgültig von der Bildfläche verschwunden."
„Woher willst du das wissen?"
„Ich habe ihn gefunden. Er war Monate später nochmal auf der Hallig. Wie er hergekommen ist? Keine Ahnung. Er lag am Strand, als ich meine Runde drehte. Angespült. Den Gurt trug er um

den Hals, die Kamera war fort. Wäre schön, wenn es auf der Welt immer so gerecht zuginge."
„Mareike! Er ist tot?"
„Und? Die Tiere leben. Er war ein Frevler!"
„Ich habe ein Buch geschrieben", sage ich leise.
„Einen Roman?"
„Von Finja. Von Eskalien. Vom Drachenberg."
„Dann kennst du die ... Fremde?"
„Vielleicht", ich zögere. „Vielleicht heißt sie Sofie."
„Passt gut zu ihr."
Will mich Mareike vorführen? „Ich habe den Entwurf eines zweiten Teils fertig. Da kommt Rungholt ins Spiel."
„Gut, wenn einer das aufschreibt. Es ist an der Zeit."
„Mareike, was weißt du? Magst du reden?" Ich bin mir sicher, sie ist keine Irre, die mir Märchen auftischt. Sie führt mich auf eine Spur, so wie es Opa Patzek mit Finja gemacht hatte. Meine Zweifel sind ganz anderer Natur.
„Was ist mit dem Frevel?"
„Da mach dir keinen Kopf."
„Und mein Buch?"
„Schreib es. Es wird eine wunderbare Geschichte. Jeder wird Rungholt lieben und als Märchen abtun. Es kann nicht sein, was nicht sein darf. Markus hat es ja bewiesen."

Wir lachen beide und für einen Augenblick glaube ich, ein vielstimmiges Echo zu hören. Mareike und ich schauen uns an. „Du hast es auch gehört, nicht wahr?"
„Es hat mich berührt – der Wind?"
Sie zuckt die Achseln. „Nimm es, wie es ist. Sie haben mir nie was getan. Warum sollten sie? Es ist Platz für alle da."
Jetzt möchte ich Mareike umarmen, sie an mich drücken, so gut bin ich ihr. „Du liebst sie, diese Wesen, für die dich jeder Psycho-Doktor in eine Anstalt sperren würde – denk an Markus."
„Der wollte angeben, bewundert im Mittelpunkt stehen, das ist krank. Jedenfalls ist er mit seinem unrühmlichen Ende in die Zeitungen gekommen."
„Warum greift das alles nach mir? Sind wir an einem magischen Ort, Mareike?"
„Das weniger. Aber sie sind unruhig. Mehr denn je. Ich muss wachen. Darum bin ich hier! Und warum du? Ja, warum gerade du? Denke darüber nach und schreib!"
„Könnte ich dort leben? Ich meine, hinter der Schleuse? Rungholt, oder so?"
Mareike lächelt, macht eine wegwerfende Geste. „Du? Ein ganz normales Menschenkind? Das willst du doch nicht?"
„Jemand, der mir sehr nahesteht?" Ich überlege, wie ich mich ausdrücken soll. „Wenn für dieses

Menschenkind hier kein Platz mehr ist, weil es offenbar Teil einer anderen Welt ist?"
„Du meinst deine Finja?"
Ich stehe bis nach Mitternacht am Fenster, versuche Sternenbilder zu deuten, ohne sie wirklich wahrzunehmen. „Komm", fordert Mareike mich auf. „Schlaf ein bisschen."
Ich lege mich neben sie und erzählte leise vom Greif. Ab und zu fasse ich zu ihr rüber und berühre ihr Kissen: „Bist du noch wach?"
Ja, Mareike ist hellwach. Aber sie unterbricht mich mit keiner Silbe.

Auf dem Eska kehrt wieder Leben ein, als der Morgen graut und Mareike die ersten Worte spricht: „Du musst die Geschichte zu Ende bringen. Das bist du Opa Patzek und Finja schuldig."
„Meinst du, Finja könnte dort leben?"
„Nein. Es sei denn … Ich weiß nicht, ob ich mich zu weit hinauslehne. Ich bin hier eine Bindung eingegangen, die mich sehen lässt, was anderen verborgen bleibt. Es sei denn, Finja kam einst von hier."
„Mareike!" Ich bin außer mir vor Freude. Das ist die Lösung. Ich hätte längst darauf kommen müssen. Natürlich! Alles deutet darauf hin.
„Aber … Sie ist in Eskalien geboren, eine Minge. Sie ist 20 Jahre alt. Wann und vor allem wie soll-

te sie von Rungholt weggekommen sein? Dann der Behördenkram. Das geht gar nicht."
Mareike nickt. „So ist die menschliche Logik."
„Und weiter?" Warum spricht sie sich nicht aus?
„Sofie kann nicht deine Sofie sein, die hier am Strand saß. Sie liegt seit Jahrzehnten im Mausoleum, in der Drachenhöhle! Sie ist tot."
„Das ist deine Version."
„Die Nordstrander Stammtischrunde unkte, auf Südfall lebe man ewig. Du willst nicht behaupten, dass sowas möglich ist."
„Auf Südfall? Nein. Das ist unwahrscheinlich. Meine Güte, strenge doch dein Gehirn mal an. Wirf nicht immer Südfall und Rungholt in einen Topf!"
„In Rungholt lebt man ewig", flüstere ich und sehe Mareikes zufriedenes Gesicht.
„Ewig ist ein großes Wort", sagt sie. „Aber es ist eine Welt, in der die Uhren anders gehen. Nicht nur für Drachen."
Ich bin erschöpft, total ausgelaugt.
„Lass uns ein wenig schlafen." Mareike hat den Satz kaum ausgesprochen, da bin ich im tiefsten Schlummer.

Plötzlich fahre ich erschrocken auf. Wo bin ich?
„Mareike", stöhne ich erleichtert, als ich sie am Bett stehen sehe.

„Wen hast du erwartet?", fragt sie lachend. „Artur womöglich? Oder Thecodontia? Es gibt Frühstück!"

Ich springe aus den Decken, mache Katzenwäsche, zumal das Wasser eisekalt ist.

„Nix übertreiben. Bald ist Sommer", sagt Mareike und ignoriert meine Beschwerde.

Kaffee gibt es auch nicht. „Tee, der macht doch nicht munter!"

„Du wirst gleich munter sein, wenn du vor die Tür kommst."

Neugierig stecke ich die Nase in den Wind. „Schon wieder kein Wasser", maule ich. „Wo treibt sich das Meer dauernd rum?" Über uns ziehen vielschichtig die Wolken. Ich schmecke das Salz auf den Lippen, atme tief, breite die Arme aus. Meine Ärmel flattern und die Brise kriecht mir unter die Bluse, streichelt meinen nachtwarmen Körper.

Mareike legt mir ihren Schal von hinten um meine Schultern, ihr Atem streift mein Gesicht. Ich bin frei, frei unter Gottes weitem Himmel.

„Ich komme zurück, Mareike. Bald. Dann bleibe ich länger, wenn ich darf."

„Einen ganzen Sommer, wenn du willst."

„Werde ich dich antreffen?"

„Klar. Ich bin hier zu Hause. Wo sollte ich denn hin?"

„Die Männer im Kroog meinten, dass du das hier irgendwann aufgibst." Jetzt griene ich. „Meerjungfrau haben sie dich genannt. Bei aller Liebe – von einer Meerjungfrau hast du so gar nichts."
Mareike schaut an sich herab, schaut mich durchdringend an.
Ich stutze. „Mareike? Mach keinen Quatsch. Nicht sowas, hörst du?"
Jetzt schüttelt sie lachend den Kopf, dass ihre wuschligen Haare nur so fliegen. „Deine Fantasie geht mit dir durch! Ich habe eher was von einer Hexe, rothaarig, geheimnisvoll, auf einer einsamen Insel."
Ich hätte noch so viele Fragen. Mareike wehrt ab. „Schreib. Es ist deine Finja. Du musst ihr helfen. Den Entwurf wirst du überarbeiten. Du bist in der Lage, die Antworten zu finden. Ich bin mir sicher. Komm bald. Es ist an der Zeit."

Ich sitze im Wattwagen vorn neben Hansen. Wir schweigen uns an. Manchmal zeigt Hansen mit der Peitsche und meine Augen folgen der Richtung, während wir dem Festland entgegenrumpeln. Mir ist das Herz schwer. Was gäbe ich darum, zu bleiben.
Ich sinne über Mareikes Worte nach. Es ist an der Zeit, hatte sie gesagt. Mehrmals. Was meinte sie damit. Wofür? Für wen? Wäre es besser, nicht zu

fahren? Aber ich kann mich nicht auf Wochen in Nordstrand einmieten. Das übersteigt meine finanziellen Mittel, wäre auch unvernünftig. Ich habe zu Hause meine Aufgaben zu erfüllen. Also – Abschied vom Meer.

4. Sehnsucht nach Mareike

Wenige Wochen sind vergangen. Lange habe ich es nicht zu Hause ausgehalten. Ich muss Mareike sehen. Ich habe den zweiten Teil des Buches überarbeitet und muss mit ihr darüber sprechen.
Gerade bin ich in Nordstrand angekommen. Ich fühle mich im Halligkroog heimisch. Die Leute haben mich erkannt und nehmen mich, wie ich bin. Die verrückte Städtische. Du lieber Himmel, die stecken hier alle voller irrer Geschichten. Ich habe einen Drachen, die haben den Klabautermann. Bei uns erdichtet Till Eulenspiegel die Lügen, hier sind es die Seebären.

Hansen will heute nach Südfall und ich darf mit; er tut geheimnisvoll, wir hätten noch einen Gast. Die Tiere sind angeschirrt. Der Braune stößt ein leises Wiehern aus. Ich habe die Stelle an seinem Hals gefunden, an der er sich genüsslich kraulen lässt. Behutsam rede ich auf ihn ein und halte ihm eine hohle Hand Hafer hin. Sein Maul berührt meine Handfläche sanft. Es kitzelt und fühlt sich an, wie ein dicker feuchter Kuss.

„Charmeur", tadle ich und er stupst mir gegen die Schulter, als wollte er sagen, geht's nun bald los? Das zweite Pferd hat den Kopf weggedreht und schaut unbeteiligt in die Luft.

„Ich vermisse Lasse", sage ich. Und der Kutscher erklärt stolz, dass sein Sohn im Internat ist. „Er muss viel lernen, möchte mal Deichgraf werden. Ist schließlich mit Nordseewasser getauft." Viele Worte für den wortkargen Hansen.

„Auf wen warten wir?" Ich bin ungeduldig.

Auch Hansen brummt, dass es angehen muss. Die Tiere scharren. Da sagt er endlich: „Wenn wir es in dieser Tide schaffen wollen, muss unser Vogelfräulein langsam kommen."

Ich starre ihn an. „Mareike?"

Er grinst.

Da sehe ich am Ende der Strandstraße eine grüne Gummijacke. „Da ist sie!", rufe ich und renne ihr entgegen. „Mareike!", schreie ich gegen den Wind. „Mareike!"

Haben wir uns gerade umarmt? Das war doch ein Kuss. Der zweite in kurzer Zeit. Nicht so dick, nicht so feucht aber mitten auf den Mund. Etwas verlegen schaue ich sie fragend an, aber da ist sie schon am Wagen. Ihre kurze Begrüßung gilt mehr den Pferden, als dem Hansen. Dann klettern wir

die Leiter rauf und lassen uns auf die Holzbänke fallen.
Ein paar Decken liegen im Fußraum. Sehr beruhigend. „Na denn los. Hüh!" Ab geht die Fahrt. Über den Strand, hinein ins Watt, das wie ein zerbrochener Spiegel blendend vor uns liegt. Der Boden ist feucht, es spritzt manchmal bis zu uns herauf. Wir sitzen dicht beieinander, haben uns eine Decke umgewickelt, erzählen und schauen, schauen, als wenn uns einer dieses Bild im nächsten Moment nehmen könnte.
„Wie weit bist du mit deinem Buch", fragt Mareike gespannt.
„Mir fehlt der Schluss. Du kannst mir bestimmt helfen. Du musst, hörst du? Sonst wird es nie fertig. Wo warst du überhaupt? Ich dachte, du verlässt die Insel niemals."
„Irgendwann gewiss", sagt sie versonnen. „Früher oder später verzieht sich jeder von der Bildfläche."
„Jetzt sprichst du vom Tod?", frage ich erschrocken.
Sie verneint. Bleibt aber ernst.
„Was ist, Mareike? Du bist verändert."
„Ich sagte ja, die Zeit ist bald gekommen."
„Wofür, Mareike, wofür?" Mir ist plötzlich angst.
Sie verschweigt mir etwas.
„Du musst Geduld haben."

Das sagt sie immer. „Was kommt auf uns zu?"
„Ich bin mir sicher, dass es nichts Schlimmes ist."
Damit ist für Mareike das Thema abgeschlossen.
„Ich war übrigens im Institut, für das ich arbeite. Der Professor wollte mir jemanden vorstellen. Ich sollte mein Urteil abgeben, bevor ich … Naja, es sind sensible Daten. Unser Forschungsteam wird umgestellt. Mitarbeiter geprüft und ausgetauscht. Ich habe ihm von deinem Buch berichtet. Er freut sich darauf. Es sei die Erklärung, die die Menschen hören wollen. Ein leichtes Gruseln, ein mitleidiges Lächeln für die paar Spinner, basta."
„Ich möchte mehr, Mareike. Ich will mit meinem Buch ein wenig Glück, inneren Frieden, Liebe, Hoffnung – etwas Gutes – in die Welt tragen."
„Und das ist mit einem, sagen wir – Märchen – unmöglich?"
So ganz kann ich ihre Worte nicht nachvollziehen. Ich werde mich in Geduld üben, so wie sie es von mir verlangt hat. Ich zeige mit dem Finger auf ihren Friesennerz. „Ich wollte mir eine grüne Gummijacke kaufen, wie deine. Gibt's bei uns nirgends! Aber gelb ist auch eine schöne Farbe und den Vögeln wird es egal sein, stimmts?"
Der Wind ist hier draußen so stark, dass er uns die Worte von den Lippen reißt. Wir ziehen unsere Kapuzen und Decken über unsere Köpfe, lugen aus den Sehschlitzen und genießen schweigend

den Rest dieser wunderbaren Fahrt. Der Braune wirft ab und zu den Kopf zurück und lässt ein übermütiges Wiehern hören. Das Tier mit der weißen Blesse reckt die Nase in den Wind und trabt unbeirrt seinen Weg.

Den Duft der warmen Pferdeleiber in der Nase, den Geruch nach Fisch in der kühlen Luft, den Geschmack von Salz auf den Lippen und die Augen trunken von der Unendlichkeit, so fahren wir den Strandweg zur Warft hinauf.

Die Pferde abreiben, füttern, tränken. Sie haben ein knappes Stündchen Ausspann auf einer eigens für sie umzäunten Wiese.

Eine Brotzeit mit Hansen, einen heißen Kaffee aus der Thermoskanne – denn hier gibt's sicherlich wieder nur Tee.

Die Stube lüften, Gepäck verstauen, ein kurzer Schnack. „Wann soll ich kommen? Soll ich was mitbringen? Mitnehmen? Allens klor, bis in zwei Tagen", und Hansen nennt die Uhrzeit, wann wir uns treffen. Er klettert auf den Bock, ein letztes „Moin" und die Außenwelt entfernt sich mit jedem Hufschlag.

„Heute machen wir Feierabend. Wir feuern jetzt den Kamin, erhitzen uns einen Grog mit viel Wasser und lassen den Tag gemütlich ausklingen. Morgen geht es früh los mit Kontrollgängen, Beobachtungen und Natur, Natur."

Ich sehe Flut und Ebbe, ein Kommen und Gehen; finde lebendige Muscheln und perlmuttene Schalen ohne Bruch. Die Vollen werfe ich in Lachen, in der Hoffnung, sie überleben. Sollten sie verspeist werden, ist das auch in Ordnung. Das ist Naturgesetz. Genug gierige Schnäbel höre ich schreien.
„Die Gummischuhe scheuern", maule ich.
„Bei deinem nächsten Besuch bringe ich dir das Barfußlaufen bei", ermuntert mich Mareike.
„Hauptsache, wir sehen uns. Dann will ich gern Blasen ertragen oder mit nackten Füßen gehen."

Ruckzuck ist der Abend ran und wir hocken durchgeplästert in der Stube – im Pesel! Das habe ich gelernt. Die frische Seeluft macht müde, das Knistern im Kamin wirkt wie ein Gutenacht-Lied auf mich.
Mareikes Augen sind auch ganz klein. Wir schlürfen unsere Friesenmischung. Ich gewöhne mich an den Geschmack mit der sich vermischenden Sahnewolke darin. Unglaublich, der Tee macht sogar munter.
Ich hole den Roman-Entwurf aus der Tasche. Aus meinem Greif-Buch ist nun im zweiten Teil eine Finja-Geschichte geworden. Während Mareike liest, sitze ich in der dunklen Nische am Fenster und blicke in den Abend.

Ich träume mit wachen Augen, verliere mich in meiner Fantasie und finde keine Worte, die annähernd das ausdrücken, was ich fühle. Ich möchte die Welt umarmen oder wenigstens diese Hallig.

„Bist du zufrieden", frage ich Mareike, die endlich von der Lektüre aufschaut.
„Da ist einiges zu bedenken", sagt sie, scheint aber nicht bereit zu einer Erklärung.
Sie wird schon reden, so gut kenne ich sie nun.
Ich liege wieder neben Mareike. Ich frage und sie antwortet. Manchmal ausweichend, dann begnüge ich mich vorerst damit.
„Wie findest du die Idee?"
„Gut. Aber gib dem Gebiet keinen Fantasienamen. Mit dem Namen Eskalien bin ich einverstanden, besonders mit Blick auf die nahe Zukunft. Es darf kein Ort für Schaulustige werden. Aber hier bleibe bei der Wahrheit. Es ist Rungholt, die Stadt und die Insel, von der du erzählst."
„Aber Rungholt ist untergegangen."
„Dein Fantasieland hat es gar nicht erst gegeben."
„Und der Brunnen?"
„Wurde tatsächlich entdeckt. Mehrere sogar. Den Totenschädel gabs auch. Die Schilderung dazu wurde mündlich überliefert, muss ja nicht wahr sein. Dass die Rungholter kommen, glaubt kein Mensch. Ist aber so."

„Ich war auf der Insel Pellworm. Im Rungholt-Museum. Kennst du es?"
„Ich kenne den Heimatforscher. Bei ihm kannst du eine Menge über die untergegangene Kulturlandschaft lernen. Gott sei Dank ist das Watt hier Grabungsschutzgebiet, um die Spuren nicht zu zerstören. Alle Funde sind nur für Stunden. Die nächste Flut kann sie auf ewig verschlucken."
„Ich mache was ich will, sagte das Meer", zitiere ich aus einem naturgeschichtlichen Märchen von Karl Ewald, ein Däne wie Andersen.
Mareike scheint da anderer Meinung zu sein.
„Mareike?"
„Ja?"
„Wenn die Rungholter ihr Eigentum zurückholen, dann …"
„Müssen sie nach Pellworm ins Museum", ergänzt sie ungerührt. „Das ist eher unwahrscheinlich."
Ich stelle mir vor, wie sie durch Museumsräume huschen. Wie sie die Auslagen leerräumen. Ein Pirat stolziert mit seinem Holzbein durch die Gänge, plündert und fuchtelt mit einem Säbel. Ich starre erschrocken ins Dunkel, verscheuche den Traum. Die Gedanken produzieren sich selbst. Ich belausche sie. Manches will ich mir merken. Ich bin zu faul, um es aufzuschreiben. Irgendwann schlafe ich ein.

Sonnenstrahlen wecken mich. Ich blinzele zum Fenster, durch das gerade der Mond geschaut hatte und bin hellwach. „Guten Morgen liebe Sonne! Guten Morgen, Mareike! Es riecht nicht nach Kaffee!"
Sie zuckt mit den Schultern. „Das hat Tee so an sich."

Ich kann mir die Gezeiten nicht merken. Sie verschieben sich täglich. Etwa eine halbe Stunde. Mareike braucht keinen Plan. Schon früh gehen wir zum nördlichen Zipfel Südfalls. Wir setzen uns in den warmen Sand und schauen den Wellen zu. Sie lecken, ziehen sich zurück. Sie müssen dem Gesetz von Hoch- und Niedrigwasser gehorchen.
Als hätte Mareike meine Gedanken gelesen, sagt sie: „Siehst du nun, dass auch das Meer nicht machen kann, was es will?"
Als ich nicht antworte, setzt sie hinzu: „Es muss sich zurückziehen. Es muss wiederkommen. Es muss die Schleuse freigeben. Es muss sie umspülen. Und wenn es steigt und steigt, so nur mit dem Sturm im Bunde."
Mit dem Wilden Grausen, denke ich schaudernd.
„Allein ist die See nur lebensspendendes Wasser."
„Leben spendend wohl nicht. Salzwasser ist ungenießbar", entgegne ich.

Mareike wehrt ab. „Für wen? Ihr Menschen denkt nur an euch. Oder besser gesagt, wir Menschen."
Ich sehe sie fragend an.
„Die Ozeane sind voll von Leben aller Art. Sogar Säugetiere wie wir, wenn ich uns mal zu den Säugern zählen darf." Sie schmunzelt. Ich habe trotzdem den Eindruck, es ist ihr bitterernst. „Gibt es etwas Wunderbareres als Wasser?"
In diesem Augenblick beschleicht mich Unsicherheit. Die Meerjungfrau kommt mir wieder in den Sinn. Mareike verschweigt mir etwas. Aber warum sollte sie alles ausplaudern, was dem reichen Rungholt am Meeresgrund, und meinem Paradies unter uns, Schaden zufügen könnte.
Die Pferdekutsche taucht am Horizont auf. Jetzt schon? Ich will sie verscheuchen, schließe die Augen. Aber sie wird größer, macht mir das Herz schwer. Wir laufen zum Haus. Schnell habe ich meine wenigen Sachen zusammengesammelt.
„Ich komme zurück, bald", sage ich zum Abschied.
Ich bin mir sicher, dass ich mein Versprechen halten werde. Aber bald ist relativ. Mein Urlaub ist für dieses Jahr ausgeschöpft. Der Winter kommt früher als erwartet, Sturmfluten suchen die Küste heim. Orkanartige Winde brauen sich zusammen, wie in jedem Frühjahr. Und die Kälte will nicht weichen.

Schließlich ein zaghafter Frühling. Ich schreibe wie besessen. Ohne fertiges Manuskript kann ich mich nicht blicken lassen. Dann – endlich – ist es so weit.

5. Ein Sommer auf der Hallig

Mareike hat sich in der Zeit meiner Abwesenheit nicht verändert. Während die Urlauber auf der Halbinsel Nordstrand Bräune spazieren tragen, hat sie – bis auf die Sommersprossen auf der Nase – ihre Blässe behalten. Ihr rotes Haar zum Zopf geflochten, so lang ist es inzwischen.
„Weißt du noch, vor einem Jahr? Du wolltest nur mal gucken. Ganz kurz. Die eine Stunde, die der Wattwagen bleibt."
Was für eine Frage. Als hätte ich nicht in den vergangenen Monaten täglich daran gedacht. Ich zucke bedauernd mit den Schultern.
„Musste ein ganzes Jahr vergehen, ehe du zurückkehrst?"
„Ich war zwischendurch drei Tage hier!", verteidige ich mich.
„Mit ewiger Schreibpause danach."
Ich nicke. Ja, leider.
Wir drehen eine Pflichtrunde um die Warft. Ich inhaliere die Salzluft, bücke mich nach einer Blüte, fahre mit den Fingern durch das harte Gras

und halte genießerisch mein Gesicht in die Sonne.
„In einer Woche bin ich braun", lache ich. Es ist, als sähe ich das alles zum ersten Mal. Jeglicher Ballast fällt von mir ab.
Mareike macht Schularbeiten, wie ich es nenne. Sie pflegt ihre Datenbank. Die Auswertungen für die Nationalparkverwaltung in Tönning. Hier in der Kernzone des Biosphärenreservats laufen diverse Forschungsprojekte. Ich verstehe nichts davon. Aber es geht um die Erhaltung des Lebensraums. Nicht nur für die Tiere. Flora und Fauna in einem optimal funktionierenden Ökosystem ist das Ziel.

Ich habe mich derweil eingerichtet. Meine Sachen sind ausgepackt, der Tisch im Gästezimmer zum Schreibtisch umfunktioniert, die Bücher geben dem Ganzen einen wohnlichen Charakter.
Mareike schaut belustigt über mein geordnetes Chaos. „Wozu all die Bücher?"
„Soll ich im Internet von Fenster zu Fenster springen? Ich bin aufgeschlagene Seiten, Lesezeichen, Notizen gewöhnt." Dabei freue ich mich, dass die Hallig Stromanschluss hat. „Das ginge ja gar nicht", sage ich. „Jetzt, wo ich meine manuelle Schreibmaschine endgültig entsorgt habe."
„Du hast meine Frage nach deiner langen Schreibpause unbeantwortet gelassen", kommt

Mareike auf unser Gespräch zurück. „Warum erst jetzt ein Wiedersehen?"
„Es war keine Schreibpause", sage ich zögernd. „Ich habe viel nachgedacht. Notizen gemacht, gelöscht. Habe recherchiert, hatte eine Lösung, stieß auf Widersprüche. Vieles ist ungereimt. Mareike, ist es Zufall, dass wir uns trafen?"
„Das ist ein eigenartiges Wort. Was fällt einem zu? Muss nicht alles Wissen erlernt werden? Aller Besitz erarbeitet? Ist uns die Begegnung zugefallen? Sind wir von uns aus aufeinander zugegangen? Gibt es eine Bestimmung? Ich habe mehr Fragen als Antworten. Und klug ist man erst hinterher."
„Hast du keine Angst, dass dich etwas aus der Bahn wirft?"
Mareike sieht mich lange an. Unbewusst kaut sie auf ihrer Unterlippe. „Angst wäre das falsche Wort. Ich warte. Du kennst das Gefühl, wie die Stunden vor Weihnachten sich hinziehen. Oder wie man sich nach einer Begegnung sehnt. Ich warte. Seit Jahren."
„Worauf, Mareike? Worauf!"
„Sie werden es mich wissen lassen."
„Wer sie? Doch nicht die Tiere? Die Rungholter? Wie kannst du so ruhig sein?"
„Bin ich das?"
„Es kommt mir so vor …"

„Ich sagte dir doch, es ist wie die Stunden vor Weihnachten. Ist man da ruhig? Äußerlich vielleicht."
Die Tage fließen dahin. Daheim würde ich sagen – immer der gleiche Trott. Was ist hier anders? Auf unserer Hallig ist jeder Tag ein Geschenk, ausgefüllt mit Erlebnissen.
Eine Schiffsfahrt. Robben auf der Sandbank. Aufgewühlte See, die ich für eine Sturmflut halte, so peitscht das Meer und der Wind heult.
Mareike winkt ab. „Land unter ist fünfzig Mal und mehr im Jahr. Da brandet es um die Warft und spült Schlick und Sand an. Dadurch verändert sich die Hallig. Ein gutes Zeichen. Erst wenn das Wasser vor der Haustür steht, wird es ernst."
„Geflunkert?", zweifele ich.
„Nee, das ist normal. Damit muss man sich arrangieren. Hier regiert die Natur."
Ich entdecke ohne Mareikes Hinweis einen Brutplatz, gleich hinter dem Graben. Strandflieder blüht. „Man könnte meinen, es ist Lavendel", freue ich mich. Rosa Strandnelken haben sich an der Hofmauer ausgebreitet.
Eine Möwe entreißt mir mein Brötchen. Mein Schimpfen beeindruckt sie nicht. Meine Sorge, der Vogel könnte an dem Happen ersticken, ist unbegründet. Er stippt und muss mit vielen gierigen Schnäbeln teilen. Der Schnellere siegt.

Leider wird die Idylle regelmäßig gestört. Urlaubsgäste fallen bei uns ein. Für zwei Stunden ist die Hallig in ihrer Hand. Unter sachkundiger Führung von Mareike natürlich. Halligfeeling inklusive Tee und Gebäck.

Wenn sie die Rückfahrt antreten, wissen sie alles, können alles erklären, was die Menschen an der See in Jahrhunderten erfahren, erlebt und erlitten haben. Eine Wattwagenfahrt und zu Hause angeben: Ich kenne die Nordsee!

Ich fühle mich jenen Tagesgästen gegenüber überlegen. Ich wohne ja hier! Aber Mareike gibt mir gern einen Dämpfer. Dann droht sie ihrer überheblichen Touristin und beweist mir mit ihrer nächsten Bemerkung, dass ich hilflos wäre, wenn sie mich allein ließe. Aber sie beantwortet unermüdlich meine Fragen.

Gerade erwähnt sie auf unserer ausgiebigen Wanderung durchs Watt die Sage von Rungholt, weil ich nach der zweiten Überlebenden gefragt hatte.

„Von der Änne hast du gehört. Durch die Katastrophe hatten sich die beiden Mädchen, die zarte Änne und ihre robuste Freundin Katharina Olafsson verloren. Die Prophezeiung aber lautet, dass Rungholt sich nur wieder erheben wird, wenn die beiden Linien es vereint regieren. Und so ruht Rungholt auf dem Grund des Meeres und wartet."

„Das ist hübsch", sage ich und füge neckend hinzu: „Hier scheint alles zu warten. Du ja auch."
„Und du", antwortet sie übermütig, „auf das Ende des Sommers!"
Nein, ich möchte die Zeit anhalten, möchte bleiben. Aber spätestens der Herbst wird mich vertreiben.

Auf unseren Exkursionen über den Meeresgrund sehe ich Muster früherer Bodenbearbeitung. Ich wage anzuzweifeln, dass es sich bei all diesen Funden, Entdeckungen und Deutungen tatsächlich um jahrhundertealte Felder handelt. Ob diese Spuren zu Zeiten entstanden, als Rungholt noch eine blühende Hafenstadt war? Den Brunnenring hätte ich ohne sachkundige Führung nie bemerkt. Aber dank Mareike schreite ich den Umriss ab. Auch zum Siel führt sie mich. Hier muss sich damals ein Deich entlanggezogen haben.
Nach solchen Märschen bin ich so erschöpft, dass ich mich am nächsten Tag ausruhe. Zeit zum Schreiben.
Ich sitze vor meinem Manuskript und denke an die Wetterfahne, die viel zu schwer gewesen sein muss, als dass Sofie sie im Gepäck hatte. Mit einem Pferdegespann, einem Kutschwagen? So etwa stelle ich mir Sofies Reise an der Seite ihres Gatten Clemens in das ferne Eskalien vor. Ich

schalte meinen PC ein und schaue ins Internet, tippe Suchworte ein: Wetterfahne, Hallig, Rungholt, Südfall, Nordsee und was mir so einfällt, lese und notiere. Was ich erfahre, ist spannend. Wie haben die Naturgewalten über viele Jahrhunderte – ach was sage ich ... Jahrtausende, getobt. Das Meer hatte sich in das Land gefressen. Manchmal unmerklich, stetig. Dann wieder mit aller Macht, gierig und zerstörerisch.

Eine Notiz erinnert mich an ein belauschtes Gespräch, letztes Jahr im Inselkroog von Nordstrand. Meine Fantasie ist sofort hellwach: Rungholt steht auf! Damals rang es mir ein mitleidiges Lächeln ab. Ein Schmarrn ... Aber ein Heimatforscher drückt sich deutlicher aus. Es sei damit gemeint, Rungholt käme wieder zum Vorschein, nicht in seiner ursprünglichen Form. Wie auch? Aber die Funde im Watt würden es beweisen.
Über die Sache mit dem Totenschädel schmunzle ich wieder. Ein Fischer soll bei Südfall einen menschlichen Schädel im Fang gehabt haben. Er nahm ihn mit nach Hause, zeigte ihn im Kirchspiel und präsentierte ihn im Kroog seinen Freunden. Der Fund erzeugte ein wohliges Grauen, dann geriet er in Vergessenheit. Er fristete sein Dasein als Briefbeschwerer, ausgerechnet auf der Anrichte neben dem Esstisch. Zum Leidwesen

der abergläubischen Fischersfrau. Als sich eine Sturmflut ankündigte, verlangte sie: „Bring den Schädel zurück. Die Rungholter sind vor der Warft und wollen ihn holen!"
Es half kein Sträuben, er musste hinaus, das Fundstück ins Meer werfen. Die Wellen griffen gierig danach und hatten es im nächsten Moment mit ihrem schäumenden Maul verschlungen. Was hätten sie sonst machen sollen? Seemannsgarn.

6. Hoffnungsträger

Der Sommer geht zu Ende. In zwei Tagen reise ich ab. Ich habe bereits meine Tasche gepackt, missmutig und lustlos.

Was ich benötige, muss in den Rucksack passen, sonst wird die Reise mit dem Ballast zu beschwerlich. Gummistiefel und Jacke, den dicken Pullover, eben das, was mir zu Hause nicht fehlt, werde ich in eine Kiste stecken. „Das bleibt! Bestimmt komme ich dich besuchen", sage ich und bin traurig.

„Wenn das geht", antwortet Mareike und ich merke den Abschiedsschmerz in ihrer Stimme.

Sie ist seit einer Woche kaum ansprechbar. Sie räumt in Haus und Hof. Ordnung muss sein.

„Aber das kannst du den ganzen langen Winter machen", sage ich.

Ihre Dateien hat sie abgespeichert und gesichert, hat Listen verglichen, schreibt Notizzettel und heftet sie an die Auswertungen. „Für meinen Nachfolger", sagt sie versonnen.

„Willst du verreisen?" Und mit einem Hoffnungsschimmer: „Kommst du mit mir?"

Sie macht eine hilflose Geste. „Lass das Fragen. Mach es mir nicht noch schwerer."

„Ist die Zeit da, auf die du gewartet hast?"

„Du wirst es bald erfahren."

Ich schweige, fürchte mich.

Sie schaut auf die Uhr. „In einer halben Stunde wird der Wagen da sein. Hansen bringt Gäste mit."

„So unvorbereitet? Wir haben keinen Kuchen, keinen Kaffee."

Ja, für die Touristen wird inzwischen sogar Kaffee gekocht.

„Doch. Es ist alles bereit."

„Sag mal, wenn du tatsächlich eine Weile fort bist, wer macht das hier? Wer ist dieser Nachfolger?"

„Ich habe einen vollwertigen Ersatz für die Station. Ich wüsste keinen, der mit den Tieren besser umgehen kann. Der Vogelschutz ist bei ihm in besten Händen." Sie lacht, als hätte sie einen Witz gemacht. „Den Küstenschutz – das lernt er schnell."

„Ein Er? Und die Schleuse?"

„Er wird sie bewachen wie seinen Augapfel. Schon aus eigenem Interesse."

„Einer aus Tönning? Oder dein Professor vom Institut?"

Mareike schaut mich amüsiert von der Seite an.

„Nein. Professor ist er nicht. Aber ein Biologe mit Naturbegabung."

Ich gebe auf. Bin aber so aufgeregt, dass ich den Wattwagen erst wahrnehme, als er auf den Hof rumpelt. Die Pferde prusten.

„Brr", höre ich Hansen rufen und neugierig eile ich vor die Tür. Auf dem Wagen nur vier Fahrgäste. Wenn ich es nicht besser wüsste, würde ich sagen, mein Roman hat mich verschluckt.

Die alte Dame, du liebe Güte, genauso habe ich mir Großmutter Karlotta vorgestellt. Ihr müssen alle Knochen wehtun von der schaukelnden Fahrt, denke ich, als sie sich mühsam erhebt. Mein Blick fällt auf das Mädchen. Es ist hübsch, eine zarte Schönheit neben Mareike, die ihr vom Wagen hilft. Mareike hat die beiden Frauen herzlich umarmt. Vor den beiden Herren bleibt sie stehen. Der Ältere reicht ihr die Hand, sagt etwas, das ich nicht verstehe, und stellt ihr den Jüngling vor.

Mareike errötet, sofern das möglich ist, bei ihren frischen Wangen hier draußen im Seewind. Mir nicken die vier Reisenden zu.

Mareike scheint mich vergessen zu haben. Sie führt die Gesellschaft ins Haus. Ich helfe Hansen, die Pferde zu versorgen und das bisschen Gepäck auszuladen. „Was ist mit dem Paket?", frage ich. Ein zugedeckter Gegenstand füllt den Boden des Wagens aus.

„Das ist höllisch schwer", brummt Hansen. „Tragen kann das keiner. Ich soll die Plane abmachen und das eiserne Ding bei der Rückfahrt einfach ins Watt kippen."

Ich merke, das geht ihm gegen den Strich. Er lässt die Tiere ein wenig ruhen und verabschiedet sich. Er hat mir versprochen, mich übermorgen zu holen. Was soll ich jetzt tun? Ich will wissen, was hier läuft. Aber ich wage nicht, zu stören. Da ruft mich Mareike herein.

Die Besucher sitzen um den Teetisch. Ich stehe auf der Türschwelle, schaue von einem zum anderen; bin unfähig, etwas zu sagen.

Mareike gibt mir den Weg frei: „Na? Weißt du's nun?"

Ich bin wie in Trance, gehe dicht an die Frauen heran. „Frau Karlotta?", flüstere ich. Sie neigt bejahend den Kopf. Verdammt, mit welchem Recht nenne ich sie beim Vornamen?

„Finja?" Sie streckt mir beide Hände entgegen, macht eine Bewegung, als wolle sie mich berühren. Zieht aber die Hand zurück.

Was ist hier los? Ich wende mich den beiden Männern zu. „Artur? Clemens?" Mein Herz lässt meine Stimme zittern. Beide Herren verbeugen sich knapp, der jungenhafte sieht mich mit hochgezogenen Brauen misstrauisch an.

Bis jetzt hatte ich die Fäden in der Hand. Nun entgleiten sie mir. Ich fühle mich wie eine Schachfigur, wie eine Marionette. Aber wer macht den nächsten Zug? Wer zieht die Fäden?

Jene Frau mit dem Namen Karlotta erhebt sich: „Wir müssen gehen."

Artur schreitet zwischen Finja und Mareike, Karlotta und Clemens folgen. Ich trotte hinterher. Antriebslos und ratlos.

An der Wattkante liegt die Wetterfahne. Dort dreht sich Mareike um. „Nun kehre ich heim. Ich werde dich vermissen." Sie weint. Ich weine.

„Du kannst mich nicht allein lassen!", schluchze ich. Mir ist unheimlich. Sie denkt womöglich, dass ich mich auf ihre Stelle bewerbe? Wie soll das gehen? Übermorgen holt mich Hansen zurück zum Festland. Ich habe meinen Job, habe mein Zuhause – mit dem Zug fünf Stunden von hier.

„Wo ist deine Ablösung?", frage ich bange.

Was sie nun sagt, bringt mich total aus dem Gleichgewicht. „Vater Clemens übernimmt die Station. Es ist alles geregelt. Ich hatte von meinem Besuch im Institut erzählt, erinnere dich."

Wenn sich die Erde öffnete und Rungholt stünde in diesem Moment auf – es würde mich nicht wundern.

„Findest du nicht, dass er perfekt ist in Sachen Vogelschutz?"

Ich lache ganz gegen meinen Willen bei dem Gedanken an den Greif, den Kolk und die Jahrzehnte im Flug durch Gottes freie Natur. „Vogelwart", gluckse ich, und endlich lässt die Anspannung nach.

„Ich nehme an, ihr geht zur Schleuse. Wieso ohne ihn?"

„Der Zutritt ist ihm verwehrt. Aber er wird die Verbindung zu uns halten. Er ist kein Hoffnungsträger. Kein Enns."

„Und du?"

„Eine lange Geschichte."

„Wer bist du, Mareike. Wirklich, meine ich?"

„Ich bin der letzte Nachkomme der Katharina Olafsson."

„Du?" Ich weiß, diese Frage erübrigt sich. Ich kann es nur nicht fassen, wie sich in diesem Augenblick alle Mosaiksteinchen zu einem Bild zusammenfügen. „Du und Arthur?" Das macht mich froh und traurig zugleich.

„Und meine Finja?"

Mareike legt ihre Arme um meinen Hals, ist mir das erste Mal so nah. Ihre Haut ist kühl, so kühl, wie ich mir das Wasser im Siel vorstelle. Ich schließe die Augen, will dieses Gefühl, diese Berührung für alle Zeit speichern.

„Wenn du das Staunen verlierst und der Zauber unsere Welt verlässt, sind wir arm, bettelarm", flüstert sie mir zu, während sie sich von mir löst.

„Was wird aus der Wetterfahne?"

Mareike tut geheimnisvoll. „Sie werden sie holen."

Ich könnte fragen, wer sie? Ich ahne es. Der Kreis schließt sich.

„Fass sie bitte nicht an!", beschwört Mareike mich.

„Die Fahne?"

„Die auch."

„Du und deine Geheimnisse. Du wirst mir fehlen."

Die Gruppe war stehen geblieben.

Vater Clemens hält ein zartes Geschöpf in den Armen. Eine Fee, denke ich. Eine Märchenfee. Wo kommt sie her? Es könnte Finja sein, aber die steht daneben.

Jetzt schlingt Finja die Arme um das Paar. Clemens küsst beide. Bei der Fremden legt er die Hände um ihr blasses Gesicht, als hätte er Angst, sie könnte sich dem Kuss entziehen.

„Sofie holt uns ab", flüstert Mareike. „Die Prophezeiung erfüllt sich."

Mit brennenden Augen sehe ich der Gruppe hinterher. Clemens geht mit ihnen. Bis zu den glitzernden Lachen, dort bleibt er stehen. Was mag es für ihn bedeuten, nach all den Jahren Sofie nur ein einziges Mal zu umarmen, um sie im selben Augenblick zu verlieren – sie und Artur, seinen Sohn.
Finja steht bei Vater Clemens, hält seine Hände.
Da höre ich die Großmutter rufen: „Komm Finja! Komm!"
Finja zögert. Sie wird dem Ruf folgen, denke ich, sie ist ihm immer gefolgt. Da hebt sie den Arm und winkt. „Ich bleibe beim Vater!"
Ihren Ruf trägt der Wind zu mir herüber. An ihrer winkenden Hand funkelt der Ring im Sonnenschein.
Da gehen sie. Frau Karlotta hoch erhobenen Hauptes, gerade und – irgendwie jugendlich. Artur, stattlich und seiner zukünftigen Bestimmung bewusst, hat sich mit einem brüderlichen Kuss von Finja verabschiedet. Er hat seine Arme um die Schultern der beiden jungen Frauen gelegt. Links Mareike. Rechts die durchscheinende Gestalt Sofies. Ihr langes weißes Kleid weht einen letzten Gruß. Mareikes Zopf hat sich gelöst. Ich sehe einen kupfergoldenen Wirbel um ihren Kopf. Das Bild verschwimmt. Der Wind hat mir Tränen in die Augen getrieben.

Ich wische. Ich schaue, kann endlich wieder sehen. Nichts verrät mehr, was sich hier gerade erfüllt hat. So unspektakulär, wie die Personen vor einer Stunde erschienen waren, so ohne jedes Aufsehen sind die Hoffnungsträger meinen Blicken entschwunden.

Epilog

*Oh wie es saust

Oh wie es saust
Wie es trügerisch singt
Büsche zerzaust
Felder verschlingt

Wie es heult im Kamin
In der Tiefe sich quält
Über Meere dahin
Mit den Wogen vermählt

Wie es reißt und wütet
Wie es tobt und rollt
Nichts achtet – nichts hütet
Wutschnaubend grollt

Ich bin verwirrt.
Wenn ich gewusst hätte, in was für eine verrückte Familie ich beim Schreiben hineingerate, hätte ich lieber die Finger von dieser Niederschrift gelassen.
Mit Sofie ist eine Tote auferstanden, das will ich nicht so hinnehmen. Ich rufe mir Finjas Gespräch mit Karlotta ins Gedächtnis. Sie hatte nie gesagt, Sofie sei tot. Auch Clemens nicht. Sofie sei gegangen ... Das Mausoleum, der Sarg. Nein, kein Sarg. Nur eine Steinplatte. Warum hatte mich das nicht stutzig gemacht? Das alles hatte für mich keinen anderen Schluss zugelassen, leider.
Aber Sofie, diese unnahbare Märchenfee, warum blieb sie nicht bei Clemens? Dort wäre ihr Platz. Möglich, dass sie zu ihm zurückgekehrt wäre, wenn er es gewollt hätte?
„Sollte ich sie zwingen? Nach Eskalien, um dort alt zu werden?" Clemens hatte den Kopf geschüttelt. „Für die Welt ist sie tot. Und so soll es bleiben. Ich bin froh, dass ich sie glücklich weiß."

Mir wird bewusst, dass es in Rungholt nach über 600 Jahren wieder eine Hohe Feier geben wird. Die prophezeite Hoch-Zeit der beiden Linien Enns und Olafsson. Artur, Erbe der Neuen Zeit, wird die folgenden Generationen mit seinem „von" adeln. Er wird den Namen Eskalia nach

Rungholt tragen. Er wird seine Heimat Eskalien unsterblich machen, auch wenn nur wenige Menschen davon wissen. Sofie wird in Mareike eine Tochter haben, wird Enkel bekommen. Vielleicht werden sie rote Haare haben.
Aber Finja, meine Finja?
Habe ich versagt?
Nachdenklich gehe ich hinter Clemens und Finja den Hügel hinauf. Wir stehen im Windschatten des Hauses und starren auf den Horizont, der lediglich das Ende unseres Blickfeldes ist.
Dem Spruch: Es gibt mehr zwischen Himmel und Erde, füge ich hinzu: an Land und im Meer.
„Was ist Schicksal?", höre ich Finja fragen.
„Mein liebes Kind, als Karlotta mir von deiner überfälligen Geburt im Zauberwald erzählte, meinte sie, es sei alles vorbestimmt. Jeder Anfang habe ein Ende."
„Aber jetzt geht es weiter …", wirft Finja ein.
„Ja, Liebes. Jedem Ende schließt sich ein Anfang an. All die Katastrophen – denke an den Drachenberg, denke an Rungholt – folgten einem Ablaufplan. Sofie ist der Schlüssel."
„Meinst du, ich habe den Greif so geliebt, weil ich seine leibliche Schwester bin?"
„Warum wir einander lieben, Finja, weiß ich nicht. Die Liebe ist das größte aller Rätsel. Sie ist da, sie fragt nicht, sie gibt."

„Großmutter sagte, die Nacht, als bei Minges ein Mädchen tot geboren wurde, sei meine vorbestimmte Stunde gewesen."

„Ja. Ich hoffe, du glaubst mir, dass ich erst durch Karlotta erfuhr, das Sofie ein Kind unter dem Herzen getragen hatte, als sie nach Rungholt verschwand. Dich, Finja."

„Warum wurde ich nicht kurz darauf dort geboren?"

„Vielleicht, weil auf Rungholt die Zeit fast stillsteht. Sofie ist kaum älter geworden."

„Ist das ein Vorteil?"

„Ach Finja, ist ein Leben erfüllter, nur weil es länger ist?"

Diese Antwort gibt mir zu denken. Ich begreife, dass „ewig leben, ewig streben" eine Last sein kann. Dass glückliche Momente nur Funken in der Glut des Lebens sind, die stets zu Asche zerfallen. Trotzdem tragen sie uns über dunkle Täler, in luftige Höhen – sie bleiben in unseren Herzen, geben Kraft.

„Und durch Thecodontias Zauber konnte sich das Schicksal erst Jahrzehnte später erfüllen?" Finja sieht Vater Clemens fragend an.

„Vermutlich. Als Hanno die kleine Finja Enns von Eskalia in die Wiege bei Minges legte und

Finja Minge ins Mausoleum bringen musste, war vorauszusehen, dass es nicht das Ende der Geschichte ist."
„Aber meine Eltern, nein, was sage ich, Minges. Ach, was sind sie eigentlich für mich?"
„Sie waren dir zwanzig Jahre lang Vater und Mutter. Du hattest sie lieb. Was hat sich geändert?"
„Ich habe jetzt eine Mutter, die mir fremd ist."
Mit einem strahlenden Lächeln setzt sie hinzu: „Und einen richtigen Vater."
„Der nichts von dir ahnte. Tue niemandem Unrecht, Finja. Sie leiden unter der Trennung."
„Und was soll ich tun? Gehe ich zu ihnen, lasse ich dich allein. Bleibe ich, habe ich sie enttäuscht."
„Sie wissen es, dein Vater hat es gesagt: Kinder gehören einem nicht, sie werden in unsere Obhut gegeben. Irgendwann wirst auch du dorthin gehen, wo deine Bestimmung ist. Dann muss ich dich lassen. Die Liebe bleibt!" Bei diesen Worten sucht sein Blick einen imaginären Punkt im überflutenden Watt.
„Hanno – wird er nun ganz allein bleiben?"
Vater Clemens schaut seiner Tochter schmunzelnd in die Augen. „Immer noch die kleine Finja, die sich um all und jeden sorgt?"
Finja nickt.

„Du hast ihn gern, nicht wahr?"
Hand in Hand gehen die beiden vor mir.
Jetzt bloß nicht rührselig werden ...
Endlich höre ich Clemens antworten: „Der Dragoyja ist seit Jahrhunderten der Wächter des Berges. In seinem langen Leben sind die Jahre, die er Heinrich oder Hanno sein musste, eine winzige Episode."
„Und was wird aus dem Drachenberg?"
„Das weiß nur der Drache. Er ist und bleibt Herr des Berges."

Hier nehmen wir Abschied.
Die Gezeiten bleiben.
Ebbe wird kommen und Flut.
Sturmfluten und Jahrhundertfluten.
Nordsee – Mordsee?
Das Meer wird niemals Ruhe geben.
Und Friesen geben niemals auf!

Inhalt

Die Wetterfahne von Rungholt 3

Prolog 7

< I > 13

*Stets für Wunder bereit 13

Und der Greif zog seine Kreise 13

1. Opa Patzek 14

2. Finja 28

3. Artur 38

4. Thecodontia 48

Ende 1. Buch 56

< II > 59

*Natur – Gewaltige Stürme 59

Und die Stimme lockt und ruft 59

1. Der Ring 60

2. Finjas Geheimnis 68

3. Die Wetterfahne 72

4. Änne Enns 79

5. Suche nach den Wurzeln 89

6. Abschied 95

Ende 2. Buch 97

< III > 99

*Wasser 99

Und das Ende ist der Anfang 99

1. Rungholt 100

2. Die Halligen 102

3. Eine Nacht auf Südfall 108

4. Sehnsucht nach Mareike 126

5. Ein Sommer auf der Hallig 136

6. Hoffnungsträger 143

Epilog ....,...... 153

*Oh wie es saust 153

Karin Bottke

1948 – Helmstedt / verheiratet, 1 Sohn
1980 – 2-jähriges Fernstudium Belletristik
2006 Gründung Schreibwerkstatt an St. Marienberg
Texte in Zeitungen, Zeitschriften und Anthologien.
Herausgeberin u. Mitautorin der Schreibwerkstatt-Bücher:
Die Dinge des Lebens / Freiheit, die ich meine / Denk ich an Weihnachten im April / Begegnungen / Alma Mater – jenseits der Güte / Von Zeit zu Zeit unterwegs zwischen Harz und Heide.
Erzählungen, Gedichte und Romane der Autorin:
„Grenzgedanken vor 1989" TB und Hörbuch
„Demenz. Lass mich nicht alleine gehen" BoD +eBook
„Oma auf dem Sonnenstrahl" dorise-Verlag +eBook
„Ein Hauch von Minze" Edition Winterw. +eBook
„Niemand zieht ins Nachbarhaus" Edition Winterwork
„Mit mir kann man(n) Pferde stehlen" Winterw. +eBook
„Venedig" Reise-Erzählung Farbfotos, Edition Winterwork